むき出し

兼近大樹

文藝春秋

むき出し

装画　菊地虹
装丁　大久保明子

プロローグ

「それでは収録開始しまーす！　５秒前！　４、３……」

音が漏れない、特殊な鉄の扉で密閉された灰色の空間。そこに声を溶かしているフロアディレクターが、パーにしている指を１本ずつ折り込んでグーを作っていく。

爪の先には、黒い垢《あか》が溜まっている。

高い吹き抜けの天井には、丸く大きな照明が黄色く照り、その横の隙間《すきま》を埋めている四角形の白い照明が眩《まぶ》しい。

意思を持った可動式の巨大なカメラや用途不明な沢山《たくさん》の機械が俺の正面に広がり、背後には多種多様な色が混ざり合ったセットに装飾が敷き詰められていて、森へ迷い込んだ子供を狙う狼の瞳のように妖《あや》しげに光る。

それら全てを、遠巻きに興味なさそうに視《み》ている関係者達。

これから起こる出来事は、リアルであり作り物。


俺は、現在「entrance《エントランス》」というお笑いコンビを組んでいる。

漫才を生業《なりわい》としている芸人ではあるが、芸人っぽくないことに力を注ぎ、「芸人の枠にハマらないことが一番芸人らしいんだ！」と美学をぶっこくのに精を出す。

タレントを演じる時は、世間や制作から求められているだろう立ち振る舞いをなんとなくこなす。

何がリアルで何が作り物かは、見た人に判断して欲しい。誰かにとって、都合良く切り取られていたとしても、その全てが俺なんだからさ。

さながら世間のおもちゃにでもなったような今日この頃の俺だ。


「カバン警察だ！」

寝不足で意識が朦朧《もうろう》とする中、気がつくとディレクターさんが持つカンペが目の前にあり、俺は大声で叫んでいた。

「中を見せろ！　怪しいもんもってないだろうなぁ!?」

相方の中島さんが道行く若者を引き止め、カバンから財布を取り出し、入っている金額をちゃかすように叫ぶ。

「315円！！？　この金額で何しに原宿来ちゃってんのぉ!?」

「あははははは」

財布の持主である若者の愛想《あいそ》笑いか、ディレクターのワザとらしくいれてくれた笑い声なのか、とにかくウケている。

その会話を聞いて、今は原宿にいるんだと知った。

「おい石山！　コイツらやばたにえんすぎるべ⁉」

今っぽい言葉を使うのにハマっている中島さんが、助けを乞《こ》うように俺を見たので、咄嗟《とっさ》に返す。

「315円だけにお金がなくても気分はサイコーなんだろうな！」

「お後がよろしいようで」

俺がさほどうまくないコメントをすると、中島さんが落語家のように締めた。


連日、早朝から深夜までロケに取材に、撮影を繰り返す。さらに深夜から朝までラジオをやってから仕事へ向かう日もあり、もう何本目か、どこの局かも把握《はあく》できていないが、とりあえず今日の仕事が終わった。

SNSへ投稿する内容も考えないと、いや、その前にネタの設定とボケ案をまとめて……。

時刻は26時。次の日も早朝の5時にタクシーが迎えに来るので、ロケが終わると同時に、俺はタクシーにぶち込まれた。

充実を極めてはいるが、喜びと苦しさの反復横跳《はんぷくよことび》びを繰り返し、感情が息切れしている。

それでも不思議と口角が上がるのを止められない。

タクシーは既に事前に伝えてある自宅へ向けて出発している。

昨日、同期の芸人3人でルームシェアしていた杉並区のボロアパートから、みんなで三軒《さんげん》茶屋《ぢゃや》の新築一軒家に引っ越したのを思い出し、慌てて運転手さんに新しい行き先を告げた。

見知らぬ土地、新居、今から貪《むさぼ》る睡眠を想像し、開いていた窓から、嬉々《きき》として美味しい空気を大袈裟《おおげさ》に吸いこんだ。

ボロアパートに住んでいた頃は、東京だというのに最寄駅から家まで徒歩20分程かかり、ほんとに最寄なのか疑わしいくらい遠かった。タクシーなんてもちろん使えず、ライブ終わりはお客さんの笑い声を頭の中で再生し、どこがウケたか、なんであれがウケなかったか、漫才をブラッシュアップしつつ歩いた。

ぼーっとタクシーのメーターを見ながら、1年前の記憶を辿《たど》る。

あの頃は、少ない所持金から捻出《ねんしゅつ》して、西武新宿線の定期を毎月買っていた。渋谷の劇場から山手線に乗り、高田馬場《たかだのばば》で乗り換えて鷺ノ宮《さぎのみや》駅を目指すのがいつもの帰り道。

鷺ノ宮の改札を通り階段を降りると、目の前に水路のような川があり、その川と線路に挟まれた遊歩道に沿って家まで歩く。

雨が降った次の日にはいつもハートの水溜りが出来るポイントがあって、見ている所を目撃されたくないので、チラ見して通り過ぎていたのを思い出した。

夜になれば、慣れた道なのにもかかわらず、毎度毎度、月の明るさに興奮していた。帰宅しながら夜空を見るのが好きだった。空を見上げて、何かを反省する振りをしたり、身のまわりにどんな幸せがあったかを思い返し、昔の自分と今を比べて感傷に浸《ひた》った。星の寿命とその星で起きる奇跡を脳内で創造し、小さな公園に寄り道して、ブランコを思い切り漕《こ》いで地球から離れたりもした。

金木犀《きんもくせい》を覚えたのは、帰り道の独特な匂いが気になって調べたからだったし、途中に咲く、枝垂《しだ》れ桜を潜《くぐ》って家に帰るのも初めての体験だった。

そしてなにより、都心にしては建物が低いおかげで空が広いのが嬉しかった。

売れる気配など感じなかったけど、憧れや理想の芸能界のポジション、ネタの完成形などについて芸人同士で語りながら過ごしていたあの日々が、遠い昔に感じる。

「すみません、ここで降ります」

東京の夜空を改めて今の自分の目で見たくなり、家から少し離れた場所で降ろしてもらった。

周りの建物が高いので、狭い空間から明るい夜空が覗《のぞ》く。酒ではなく星を浴《あ》びてる自分に酔いながら歩く。

深呼吸をし、テイスティングするかのように空気を舌の上で転がす動きを実際に繰り返す自分ににやける。

1年前、いや、上京してきた時と何も変わらない自分に安堵《あんど》していた。

幸せって今この瞬間なんだろうなと大袈裟《おおげさ》な思考ができることに感動し、感動している自分のナイーブさに無性に笑えてくる。

心の底から今と皆に感謝して「明日もてきとーに楽しもぉー」と誰にも聞こえないように小さく声に出した。

ふと周りを見渡せば、目に映る何もかもがきらきらしている。

246号沿いの昭和女子大学前にある歩道橋を一段飛ばしで上り、丁度《ちょうど》上りきった辺りで背後から突然声をかけられた。

「石山さんですよね?」

不自然な声のハリに緊張して振り返ると、不気味に微笑《ほほえ》む男達が4人ほど立っている。カメラのレンズが鈍く光り、俺だけを見ていた。

「週刊文春です! 何の件かわかりますか?」

突如、夢から目が覚めたのに、まだ夢の中にいるような感覚に陥《おちい》り、さっきまで、〝いや今まで歩いてきた道〟が実は暗かったことを意識した。

そして言われずとも、自身の過去のことだと確信した。

1

早起きして外に遊びに行くのがおれの仕事だ。

でもカンタンには、外に出られない。

にーちゃん、ねーちゃん、いもーとが寝てる横をそーっと通りぬけ、昨日自分で用意した服を着る。

ママが仕事に行く用意をしてる間に、ナイショで外に出なければいけない。

しかもおれが出られないように、たけぇとこにチェーンのカギを付けやがって困ったもんだよ。目の前にある木のドアは隙間だらけで、少しの風でバタンバタンと音がなるくらいに弱ってる。

冬は、屋根から落ちる雪が入り込むせいで、靴はうさぎみたいになる。

ドアを本気で押せば壊《こわ》せるけど、音でバレちゃったことがあるから、本気出しちゃいけない。

ホコリを集めるシャッシャするところが全部ちぎれてるほうきを上手に使い、ゆーーーっくりバレずにチェーンをはずしたら……よーし脱走成功！　今日も外へ出られた！

心臓がすごくはやく動いてる。

家から出る時が一番ドキドキするんだ。

家族の目から離れて、誰からも何も言われない家の外は、すっごく広くて、自分の力でどこにだって行ける。

振り返ると、見慣れたおれんちが優しく見守ってくれていた。

パパがペンキを塗った真っ赤な三角屋根は、所々はげていて、内側の古い赤が見える。土で出来てる黄色い壁のその家は、いってらっしゃいと言ってるようだった。

家の前には手作りの小屋があり、ジジとパパの仕事で使うペンキを塗る道具がまとめて置いてある。シンナーってやつの匂いがいつもしていて、気持ちよく匂いを嗅《か》ぐフリをするとパパは笑ってくれた。


小屋の周りにも仕事の材料がまとめてあって、地面は大きくとがった石が多めにある砂利《じゃり》。いつもそこで転ぶから怪我をするのは慣れっこさ。

雑草の上にドンッと白いハイエースが停まっていて、材料と車の間がせまいから、そこをすり抜けると服が汚くなった。

ヒビだらけのアスファルトを踏むと不思議と安心して、気持ちも景色も楽しくなる。

太陽はおれに見て欲しそうに上にあって、空は青くてピカピカと鳥を光らせ、白い雲がおれを待ってるかのように動かない。そしてたんぽぽは、おれに摘まれるために笑ってる。

いててて……今日は太陽を10秒見続けることができた！　よっしゃ！　おれ強くなってる！

目をチカチカさせながら「さぁて、何して遊ぼうかなぁ？」と声に出し、今日一日のスタートの合図にした。


昨日は、ユウトの家のさくらんぼをとって食べまくった。その前は近くの田んぼをぐちゃぐちゃにしてから、赤ちゃんのとうきびをとりまくったし、そのさらに前は、誰も乗っていないのを確認してから知らない人の車のドアにらくがきした。その前はピンポンおして逃げるやついっぱいやったし、んーまぁとりあえず、くまだ商店が開いたら、バレないようにお菓子を取りにいこう！

そうと決めたら、それまでの時間つぶしだ。

人んちと人んちの間を歩く。秘密の道を歩いてるみたいでウキウキする。

窓から家の中をのぞくと、毛むくじゃらのおじさんがパンツ一丁でテレビを見ていて、おばさんは台所でご飯を作っていた。

音を立てないように前に進むと、太陽のチカラで銀色になった蜘蛛《くも》の巣がある。

人差し指を引っ掛けて壊し、指に巻き付けてパワーを上げる。

自動販売機を見つけては、おつりのとこに手を突っ込み、何もなけりゃ下の地面との隙間にも手を突っ込み、車のワイパーみたく地面を撫《な》でてお金をさがす。

指の先に何かが触れようもんなら、お金かと思って頭が痺《しび》れる。まぁゴミであることがほとんどだけどね。

いつもいもーとと、どっちが儲《もう》けたか報告し合う勝負をしてるけど、おれが負けたことはもちろんない。負けそうになったらママの財布からお金を取ってるからね。

まんまる玉とキラキラコインが沢山手に入る駐車場は、昼になると元気のない人達が大勢来て、うるさい自動ドアを出入りするようになるので嫌だ。

そうなる前に早く行かないと、と思いながらも、次はキレイな石探し。玄関に飾りたいな。汚ねぇ石は、知らない人の家の窓にぶつけてやる。少しは石として役立てただろ？　あーーーひま。

カラカラカラカラ
気がつけば、ババの家の前にとめてあるママチャリの横にしゃがんで、手でペダルを回していた。

普段、こいつがどうやって走ってるのかを確かめるように、グルグル回るチェーンを見つめる。チェーンとトゲが仲良く絡《から》み合ってるのを見ながら、勢いよくペダルを回す。

スタンドを立ててるから、自転車のタイヤはその場でただただ空回り。

タイヤを指で一瞬触《さわ》ってみようか。小石を投げ入れて弾けさせてみようか。おれより大きなタイヤは、風を巻き込みながらどんどん大きくなって、おれを吸い込もうとしているみたいだ。

うちで洗って干してあったわりばしをポッケに忍ばせていたので、ここぞとばかりに取り出し、タイヤの内側の銀の棒の間に突っ込んでみることにした。

カリカラカリカラカリカラ
手でペダルを回しながら、わりばしをゆっくり当て、指につたわる振動を感じる。回っている銀の細い棒が奥の景色をユラユラとさせて、その景色に溶け込んだチャッピーが心配そうにこっちを見てる。

チャッピーは、ママが子供の時からいたという毛の長い真っ黒のデカい犬で、ババは残飯処理係だと言っていた。どんな日でも外に繋《つな》がれているから臭くて汚いけど、大好きだ。チャッピーの下には残飯とフンが混ざり合った塊《かたまり》がいつもあった。少しなでてやろうかなー。

ガリガリグヮガシャーーーンカラカラ……

チャッピーに気を取られてたら、自転車が襲《おそ》ってきた。

ゥワンウェオン！　ホァンワーン！

誰かを呼ぶように吠えているのがわかる。

自転車がおれの方に倒れてきて、砂利とママチャリでサンドイッチ。とれかかっていた前歯が2本も吹き飛んだから、びびって泣いてしまった。

「だいちゃん！　なにしてんのさ！　悪戯《いたずら》やめなさいって言ったしょや！」

ババが家からとび出して来て、泣いているおれを怒鳴りつける。

「おれなにもしてないもん」

「また悪戯してた癖《くせ》に嘘ばっかこいて！」

「くちから血でた」

はさまれちゃった足もじんじん痛む。

「うるさいよ！　自分のせいでしょ！」

「ほんとにおれなんもしてないんだもん」

「嘘ばっかこくんじゃないって！」

頭を叩かれた。何もしてないのになんでおれが叩かれるんだよ。

ムカつくからめっちゃくちゃ痛がって、大声で泣きさけんでやる！　歯も抜けてるからこっちのもんだ。心配されるまで泣くのをやめない。

「なに泣いてんだぁ？」

ババのせいでペンキの仕事中だったジジが来てしまった……もっともっと泣きたいと思ったけどもう意味がない。

ジジは泣いても泣いても殴《なぐ》るのをやめてくれない。男なんだから強くなるためだと言ってボクシングをしてくる。

「おれ泣いてないよ」

このあとどうなるかはもう知ってる。

「また嘘ついたな？」

「うそついてないって！」

ジジのパンチが飛んでくる。

痛い。このまま寝ちゃいたい。

「おれ泣いてないよ、おれもう泣いてないよ」

何を言っても無駄《むだ》。またパンチが飛んでくる。

「いぎゃーーーーー!!」

「大袈裟に叫ぶのは弱いからだ」

笑いながらさらに攻撃は強くなる。

パパだったらもう許してくれてるのに。

イタイ。くるしい。くやしい。おれも強くなりたい。痛いよ。なんでおれは弱いんだ。

「イエーーーイ!!　ハハハハ！　マジかよ！」

ハイエースのスピーカーから流れてくる誰かの楽しそうな声がすごく嫌だ。何の話かわからないけど、おれがこんなに痛いのに、車から聞こえる声は笑ってる。

長い時間いっぱい殴られていて、もう足の痛さも歯の痛みも忘れた。

叫びに叫び、もう涙も出ないし泣いてるかもわからなくなっていたら、やっと修業《しゅぎょう》が終わった。

「歯どこでなくした？　探すぞ」

しゃっくりが止まらないことにイライラされながら、血だらけの歯をジジと拾う。

「抜けた歯を投げると、その方向に歯が生《は》えてくるんだぞ」

と言ってジジは1本をおもいっきり前へぶん投げたが、力がすごすぎてどこへ行ったかわからない。

お前もやれと言われ、意味もわからず投げたけど、すぐ目の前に落ちてしまった。

「よーし、これで前に生えてくるんじゃねぇか？　ワハハハハハ」

そう言ってジジは、やっとペンキの仕事に戻ってくれた。

前歯だから前に投げたんだろうか？　とりあえず血と涙と泥でぐしゃぐしゃの顔を服の袖《そで》でふき、止まらないしゃっくりを引き連れ、お菓子を取りにくまだ商店へ向かった。

＊

「静かにしなさい」

「なんで先生の言うことが聞けないの？」

「みんなが迷惑するでしょう」

「どうしてそんなことするの？」

「人の嫌がることをしてはいけません」

時計の針の動きを追ってから目をつぶり、心の中で数を数える。

10秒まで数えたら目を開けて時計の針と心の秒数が合っているかチェック……完ぺきだ。

次はレベルを上げて30秒でやってみよう。

「聞いてるの⁉」

まだ先生が怒ってる。小学生になってから先生が怒ってない日はない。

いま目をつぶってたから怒ってるのではなく、さっきクラスの子を泣かしたからだと思う。

教科書にのってる昔の人の顔にはなげを書けと言ったのに、書かなかったから殴った。

おれの言うことを聞かない奴は泣かす。

幼稚園の時、かけっこでおれを抜いた奴がいた。

おれを抜かした悪い奴の顔を爪でかっちゃいてやったら、目から血が沢山でて、その子には二度と会えなくなってしまった。

だから目は狙わないと決めているけど、髪を引っ張って、ほっぺとか、お腹を殴ればみんな言うことを聞く。

おれに意地悪する奴は本気で殴る。

だって「悪いこと」だからね。ジジに鍛えられてるおれは、高学年とケンカしても負けない。

それにしても、悪いことをした奴を泣かしたら怒られるのはなんでだろう。

いつものことだから我慢すればいいんだけど、弱っちぃくせにおれの言うことを聞かない悪い奴も怒って欲しい。

先生は、人のイヤがることをしちゃいけないと言いながら、おれのイヤがることばかりするよなぁ。

授業中にとなりのクラスに行ったら怒られるし、人の給食を食べても怒られる。なんでかと聞いても意味がないのはわかってる。悪いことをしているからと言われて、結局なんでかわからない。「言うこと聞きなさい」「ジッとしてなさい」ってババもママも先生もいつも同じことを言ってくる。

ジッとってなんだろう？　大人しくってなんだろう？

「みて？　みんなちゃんと座ってるよ？　あなたのせいでみんな勉強できなくなっちゃう」先生はいつもと違う変な声で言う。

カタカタカタガタガタガタバタバタバタバタ

おれの足が動く。

「それやめなさいって！」

やめられない。なぜやめられないのかわからない。わからないことばっかりなんだよ。

「何ニヤニヤしてんのさ！　何が面白いの！」

なんにも面白くない。怒られるといつもニヤニヤしてしまう。自分でしてるんじゃなくて、顔がしてるんだからしょうがないじゃん。

「みんなと同じ行動しなさい」

できない。みんなが何してるかわからないから。

机の引き出しには、ママに渡さなきゃいけないプリントがいっぱいに詰まっていて、「どうしてちゃんと渡さないの？」と聞かれても、わからない。

どうせ渡してもママは見る時間がないのに。

奥にはねーちゃんのおさがりの教科書やにーちゃんが使ってた鉛筆が、入学した時からほとんど使われずに放置されている。「なんで持って帰らないの？」と聞かれてもわからない。

どうせまた持ってくるのに。

漢字を沢山書いてきてくださいと先生に言われていたのに忘れた。家にいる時に漢字を書くってどうやればいいんだろう。

「また宿題をやってこなかったの？」と言われても、どうしてやるのかわからない。聞いても教えてくれない。

先生の言うことを聞かないと怒ってくるのに、先生は、おれの言うことを聞かない。

言うことを聞かない人は怒らなきゃいけないから、先生も怒らないと。

「せんせーも言うこときけよ!!」

「え？　なに？　ねぇ？　先生はどうしたらいいかな？　先生にどうしてほしいかな？」

わからない。わからない。わからない。

「あぁぁぁーーーーー!!!」

机を蹴飛《けと》ばして悪い先生を叩く。

とにかく教室を出て学校から抜け出したい。明るい気持ちになれる外に行くんだ。

「はなせよぉーー！　うわぁーーーー!!」

たくさんの先生達があつまってきた。

お願いだからおれに触らないでくれ。どうしてみんなでそんなに強くつかむ？　おれを座らせようとするな。なんで勉強をさせようとするんだ。

「やぁーーめぇーーろぉーーーーー!!!」

泣いても叫んでも許してくれない。

ちゃんとしてるクラスの子達がおれを見ている。

ガタガタッドタドタガッタンガッタン
周りの椅子《いす》も机もぐちゃぐちゃだ。

なんでおればっかり。なんでだ。なんでおればっかりこうなるんだろう。

誰もおれの話を聞かないのに、何もさせてくれない。くるしい、なんでだ。

「おちついて」

「どうしたの？」

「深呼吸しなさい」

「両親に連絡は⁉」

「こっちに来なさい！」

お前らだろう。お前らのせいでこうなってるんだろう。もう喋《しゃべ》らないでくれ。うるさい。だまれよ。

むりやり保健室に連れて行かれ、一人で帰りの会をしてから家に帰される。

ホントは遊びたいけど、クラスのみんなはゲームやかわいい文房具の話をしていて、仲間に入れない。

少し前「ポケモン300種類捕まえたよ」って話したら盛り上がったけど、全部で150種類くらいしかいないらしく、嘘がバレてしまい、何人かに無視されるようになった。それがイヤで、みんな泣かしたら、おれが怒られた。ゲームの話は嫌い。

家についたけど、誰もいない。

いもーとは、いとこんちに預けられてて夜にならないと帰って来ないし、ねーちゃんは昨日パパが怖かったからおばあちゃんちに行ってるし、にーちゃんは毎日友達の家に行ってる。

にーちゃんは、たまに友達の所に連れていってくれてたけど、最近は、お前はナマイキですぐ泣くからくるなと言って一人で行くようになった。お前らがおれに意地悪するからじゃないかよ。にーちゃんの友達はみんなでプロレスを泣くまでやってくるから、大っ嫌いだ。

にーちゃんのお下がりの、肩の辺りから綿が飛び出ているリュックをデカイ音が鳴るように玄関にぶんなげる。

洗濯機《せんたくき》が壊れてるせいで洗濯物がいっぱいたまってて、その上で寝てるネズミをビビらせるつもりだったけど動かない。

「死んでんのか……」

ムカムカする。なんでだ。なんでなんだ。ネズミのせいじゃないのはわかる。

なんでおればっかりこんなにイヤな気持ちになる？　学校もイヤだ。家に誰もいないのもイヤだ。全部イヤだ。

どうしたらいいかわからなくて、パパの書類の横に落ちてた黒い消えないペンを使い、玄関のカベに「ママのバカ」と書いたらもっとイヤな気持ちになった。

「あんたじゃないだろうね？」

電話を切ったママは、真っ先におれに聞いてきた。

「おれじゃないよ」

なんでおれだと思ったんだろう？

さっき終わった学習発表会の後、4年上のにーちゃんの学年にあたる6年生の教室に習字で使う墨汁《ぼくじゅう》がぶち撒《ま》けられていて、警察が調べているらしい。

おそらく見に来ていた一般人が犯人だが、生徒達にも目撃情報を聞くために、親達の間で連絡が回っているみたいだった。

「怪しいなぁ、この前もやらかしてんだから」

「でもこれはおれじゃねぇし！」

この前、コンセントにエナメル線を差して学校中が停電した。さらにコンセントから火が出て、近くにいた友達を火傷《やけど》させてしまったのだ。

そんなつもりじゃなかった。ダメって教えられたから、なんでダメなのか、どうなるか試してみたかっただけ。

あれからよっちゃんとは、あまり遊べなくなってしまった。

「さすがにこれは大人の仕業《しわざ》だろ～」

にーちゃんは、隣のクラスが汚されてしまって大変だったみたいだ。助けてくれてナイス。

「そーだよ！　なんでおればっかり」

「あんたがいつも人に迷惑かけるからでしょ」

「今回の黒くしたのはおれじゃないんだって！」

「黒く？」

「あそこまではできないって！」

「あそこまで？」

ムカつく。なんでもすぐにおれのせいにする。家のお金がなくなった時も、いもーとが泣いている時もそうだ。

「ねぇ、あんた袖に黒いのついてない？」

ママに腕を強く引っ張られた。

あぁたしかこれは、黒板にかけた時に跳ね返ってきたやつだ。

「知らないよ、おれじゃないよ」

おれを無視してどこかに電話をかけている。

「もしもし？　うちの子がやったと思います。すみません」

「おれじゃないって!!　ホントにおれじゃない！」

実は、しょうくんと2人でやったんだ。

教室の後ろの棚に並べて置いてある習字セットから墨汁を取り出し、2人でどっちが早く机を真っ黒にできるか対決した。壁や床にも沢山かけた。

最高だった。その場にある物、全部ぐちゃぐちゃにして、何もかもを汚した。いつもの教室が黒くなっていく。このまま黒に染まって戻らなくなって、そこでみんなが生活する姿を想像する。窓から入る光が弱くなるくらい黒い教室。それが当たり前な毎日になるのを期待して、楽しくなって、もっともっと汚した。

もしおれがバレたら、しょうくんもヤバイ。バレるわけにはいかない。

「え？　はい、わかりました。今から向かいます」

乱暴に受話器を置いたママがおれをにらみつける。

「おれじゃないって言ってんじゃん!!」

「しょうくんがあんたにやらされたって言ってるってさ」

「え？」

学校に着くと、しょうくんのお母さんが先生達に怒っていて、その横でしょうくんが泣いていた。

そしてママも一緒に怒られた。

「うちの子がすみませんでした」

人に謝っているママを見るのは何度目だろう。

全部おれのせいだ。おれがしょうくんにやらせたからだ。やらせた？　しょうくん笑ってたじゃん。楽しくなかったの？　おれだけだったの？　イヤだったの？　わからない。わからないよ。

その日からしょうくんは、遊んでくれなくなった。みんないなくなる。いつものことだ。

「うちの子の自転車の泥除《どろよ》けを壊した」と急に電話がきて、弁償《べんしょう》する羽目になったけいたくん。

靴を当てて窓ガラスを破ったのを、おれのせいにしたこうきくん。

信号を使わなかったせいで目の前で車にひかれちゃって、怪我をしたじろうくん。

みんな遊べなくなった。なんでおればっかりこうなるんだろう。

「いい加減嘘をつくのをやめなさい」

今までもママに数えきれないほど言われてきた。

「でもうそばっかりじゃないけどね」

「言い訳しない」

「ホントだし」

「人を騙《だま》すより人に騙されるような人になりな」

「はーい、わかったー」

めんどくさいけど、わかったと言っておけばもう責められない。よくわからないけど、大人になったらわかるのかなぁ。

＊

3年生に上がる頃、パパの会社が倒産した。

倒産がなんなのかよくわからなかったけど、ババとジジが教えてくれた。

いつもFAXや電話を無視してたからだとおれは思う。

「いないって言ってくれー」が口癖《くちぐせ》だったもんな。

パパは毎日寝坊してるし、起こさないと怒る。

でも起こすと怒るから起こせない。

夜は、野球の試合を壊れたテレビを叩いて直しながら見て、そのまま朝まで部屋のど真ん中で寝てる。

周りには茶色のジョージアの缶コーヒーが飲みかけのまま何本か置いてあり、その罠《わな》に足を引っかけてこぼしたりすると、ぶん殴られるから気をつけなくてはならない。

白に黒い点模様がいっぱい敷き詰められてるセブンスターの空袋がねじれてその辺に投げてあって、大人だ。

ジョージア缶の口をつけるところにタバコの灰をコンコンするから、コーヒーと灰が混ざってるんだけど、寝起きに間違えて飲んでるのを見たことがある。自分で飲んだくせにすげぇ怒ってたのが面白かった。見れば灰がついてるからすぐわかるんだけど、寝ぼけて気づかない変なパパが好きだ。

昔、パパが仕事をせずによく家にいた時、色んなことを教わった。

「虫を潰《つぶ》すでない」

いつもみたいに家にいたアリやわらじ虫を潰したり合体させたりしていたら、パパに怒られた。

「なんで？」

「命って平等ではないのか？」

「どーゆーこと？」

「では人の命は奪っていいのかのう？」

「だめ」

「そうであろう？　なのになんで虫の命は奪っていいんじゃ？」

その頃パパは歴史の漫画や本が好きで、語尾に「じゃ」とか「のう？」とかつけ、「ほほほ」と笑った。

「虫もダメなの？」

「お前は神様か？　虫も人間も動いてるよな？　生きてるよな？」

「動いてる」

「目的を持って生きていて、命の重さの違いはないのだから大切にしようぞ」

むずかしいけどなんだかかっこいい。

「わかった。もう潰さない」

「そうだ、潰していいもんなんてない」

虫の命も平等、一生覚えておこう。これがお父さんってやつなんだ。すげぇや。

でもパパの趣味はクワガタの標本作りだ。薬を使い、綺麗な形で殺す。

パパの部屋に入ると、何千匹ものクワガタの死体が針で刺されて飾られている。

それを見ながらパパの言葉を思い出す。

「お前は神様か？」

「命って平等ではないのか？」

眉《まゆ》を動かし、口角《こうかく》を片方上げた顔が浮かんできた。ウケる。パパは神様じゃん。

パパが、「ほほほ」と照れながら笑い、頭の中から逃げ出した。

パパはもしかしたら虫よりも働いてないかもしれない。

でもママが工場で働き、夜はお酒を飲む仕事をしてるから、うちは大丈夫なんだ。

やっぱりママはすげぇや。

パパは会社を潰した。

魚の焼ける匂いがいっぱいの公園で、夕日をのぞき込むように妹とブランコをこいでいる。

「おい！　夕日沈んじゃうぞ！　もっとこいで高くまでいけ！」

妹はおれみたいに立ちこぎが出来ないから、座ったままでなんとかおれに食らいつこうとしている。

「きゃーーーー！　もうみえないーーーー！」

「おれはまだ赤いのみえてるもんね！」

誰かの家に隠れている夕日は、ブランコが高く上がった時だけおれの顔を明るくする。それを何度も何度も繰り返す。

まだ今日が終わって欲しくないのかもしれない。

おれの9歳の誕生日。何かあるわけじゃないけど、とりあえずみんなからおめでとうと言ってもらえて、みんなが優しくて、なんかラッキーで特別な日だ。

さっきまで沈みかけていた夕日が近くの雲を金色にしてくれていたのに、気がつきゃおれの真上は重たい紺色。雲が紫っぽくなっていて、真っ暗よりも不気味。楽しい気分を雑に終わらされる気がして不安になった。

ブランコから降りて後ろを振り返ると、電灯が心強く光っていて、その上には、星達が負けないぞとさらに光っている。

「そろそろパパがかえってくるぞー」

にーちゃんが、公園にギリギリ届くくらいの弱っちぃ声でおれらを呼ぶ。

「さきについたほうがかちだからね！」

1年生になった妹は、走り出してからルールを作る技を最近覚えた。負けるわけがないといった顔で勝手にバトルを開始し、嬉しそうに家に向かって走っていった。

今日は負けてやってもいいやと、ゆっくり歩いて家の前に着くと、にーちゃんとねーちゃんが道路に寝転んで夜空をみていた。その横の妹は、バトルをしていたことなんか忘れ、必死こいて雑草を引きちぎる遊びを始めている。

ママは帰ってきても、どうせすぐに夜の仕事に行くから、パパが帰ってくるのを道路で待つんだ。

パパの白いハイエースが何番目に曲がってくるか、今日は帰ってくるのかとクイズ大会がはじまり、兄弟4人で楽しく時間を潰す。

「これ俺の！」

一番光ってる星を指さしてにーちゃんが言った。

「じゃ、ちょっと赤いそれはうちの」

ねーちゃんも参加。

「月はおれのな‼　月も星だから！」

「ゆっちゃんのは？」

みんなで並んで寝転がって、お気に入りの星を取り合う。

澄んだ夜空は、いつでもおれらを待っていて、星達が仲間に入れてくれているような気がした。

「ケーキ作ってやるよ」

突然にーちゃんが空に両手を伸ばし、掌《てのひら》で輪を作り、星を何個か囲んだ。

「9個な！　星空ケーキだ！　『フー』してみ？」

なんでケーキを作ったのかわからないし、なぜ空に向かって息をかけるのかもわからないけど、言うことを聞いて輪の中に向かって「フー」をした。

そしたら手をぐしゃぐしゃっとして輪を崩し、大声を出した。「火が全部消えましたー！誕生日おめでとー！」

おれがびっくりして笑うと、それを見てにーちゃんも笑って、それからみんなで笑う。にーちゃんの真似をして、手をぐしゃぐしゃっとやったら、みんながもっともっと笑った。

ムクリと起きあがり、ポケットからグシャリと丸まった白いビニール袋をシャリシャリと広げて、おれと妹が近所のおばちゃんと仲良くなって手に入れたお菓子を分ける。

「これギッたやつじゃないしょ？」

にーちゃんは笑いながら疑っている。

「んなわけないしょ！　くまだ商店可哀想《かわいそう》だべ！」

「いつもよりおーいしいー」

横で妹が口いっぱいにデカいチョコバーを詰め込むと、苦しそうに鼻水を吹き出した。

「しょっぱさもきたから、あまじょっぱくておいしい」

「なにしてんのさ！」

ねーちゃんが軽く頭を叩く。

「きったねぇーー！」

にーちゃんは、爆笑している。

「わやだべ！」

おれは、鼻水に感謝する妹がもう可笑《おか》しくてどうにかなりそうだ。誕生日、楽しくて特別で大好きだ。

外で大爆笑してたらババが急に現れた。

「ママもパパも今日は帰ってこないからうちにおいで」

「はーーーい」

いつもより変に優しいババに連れられてババんちに着き、ジジに殴られないように大人しくしてると、近々ママが入院することを聞かされた。ママはガンだった。ガンになったら死ぬっておれでも知ってる。会えなくなってしまった後のことをぼんやりと考えてみたけど、想像しようとしたら涙が止まらなくなった。

一人でこっそり家に帰り、ママの化粧品をそっとポッケにしまう。よく見ると全部汚れていて、おれが拾ってきてた石の方が綺麗だ。

ママが寝ていた布団に入ってみたけど、すごく冷たくて気分が悪い。どんどんどんどん涙が出てきて止め方がわからない。

壁に書かれた「ママのバカ」が目に入る。

なんで書いたのか覚えていない。

いつもママはお仕事頑張っていたのに、なんでおれはこんなことを思えたんだろう。大切に出来なかったママにあやまって、ママのいうことを聞きたいな。ごめんなさい。ごめんなさい。誰か助けてください。もう嘘つきません。悪いこともしません。ちゃんとします。みんなと同じようにします。ジッとできるようになります。だからお願いします。神様。ママを元気にしてください。

*

ママが病院に住むようになってから、洗濯することもほとんどなくなり、服が臭くなることにもなんとも思わなくなった。

洗い物もする人がいなくて、食器達は全部カビだらけ。妹と見ていると「危ないから近づいちゃダメだからね」とねーちゃんに言われた。

そのねーちゃんは、ママとの約束で掃除をやってたけど、涙を流すことが多くなって、気づけば何もしなくなった。

可哀想なねーちゃんに、おれは、なにをすればいいかわからない。

ママは兄弟が五人もいるからいとこが沢山いて、ババんちにみんなが集まる時は、あったかいし楽しい。年下のみんなと遊んであげて、みんなが笑ってくれるのがおれの幸せだ。

でもみんなが帰っちゃうとまた自分ちに帰らなきゃだめで、悲しい。

家の中はネズミが沢山死んでいて、「ネズミだって食うもんねぇんだ」とパパが笑ってる。

そんなパパは仕事であまり家にいないけど、いない時でも何か食べれるように、目玉焼きの作り方を教えてくれた。

「うまんま目玉」とパパが名付けたその目玉焼きは、自分で味付けができる。

塩と胡椒《こしょう》でしょっぱくして、最後に醤油《しょうゆ》をいっぱいかけちゃう。米がある時は、うまんま目玉のタレが残ったフライパンにぶち込んで、軽く炒めれば、チャーハンが出来て、お腹いっぱいの大満足。

「しょっぱラーメン」も覚えた。

手鍋で、袋のインスタントラーメンを作り、味の素をかけ、そこに醤油を入れて、最後に元々付いてくる粉をかける料理だ。

食器がないからそのまま食べるんだけど、手鍋が熱いから、妹にはインスタントラーメンの袋に麺をのせて食べさせる。

ほら、いい子にしているからもうすぐママ帰ってくるよね。そう自分に言い聞かせて過ごす。さみしいけど、さみしいと思うのはたぶん悪いことだから思わないようにして、今日もちゃんと学校に行く。

学校に行けば遊べるし、家にいたらお腹が空《す》くから、給食を食いに行くようなもんさ。給食は当然大盛りでおかわりだっていっぱいする。みんながすげぇって言ってくれるし、捨てんのもったいないじゃん。

だからみんなが残したものは、おれが代わりに食べなきゃいけない。牛乳を5パック飲んだ時はさすがにゲロ吐いたから、今は2パックまでにしてるけどね。

高速でいっぱい食べると、クラスのみんなが喜ぶもんだから、いつも食いすぎちゃう。噛まずに飲み込むおれを先生は「お前実は蛇《へび》なんじゃないか?」と笑ってて、「ゆっくり食べなさい」と注意してくるけど、なぜだか優しい。

もっともっとおれを見てくれ。おれスゲェだろ。

「おい!　つばさがしんやを泣かしてる!」

中休みに友達がおれのところに走ってきた。

「つばさ？　どこにいる？」

「グラウンド！」

体育館でドッジボールをしようとしてたのをやめて、グラウンドへ急ぐ。３階の体育館から外に向かう途中の階段も見せ場だ。２段飛ばし、３段飛ばしで降りるのが流行《はや》ってたから、おれは全部飛ばしをしてみんなを驚かせる。

「はぇぇーーーー！！！」

膝が痛ぇけどまぁいぃ。

「先行ってるぞー！」

弱いやつをいじめるのは悪いことだから、悪い奴は倒さなきゃいけない。さぁ、ド派手に登場してやる。

「やばいやばぃ」

「どうしたの？」

「先生呼んできてよ！」

グラウンドに着くと少し騒ぎになっていて、その中心につばさがいた。

体が一番大きく、いつも弱いものいじめをしている奴だ。

おれは、すぐに殴りかかった。

顔を殴って、髪を引っ張りながら足を引っ掛けて転ばせる。グラウンドの砂に顔を押し付けて砂で目潰しをしてから、転がってる相手の腹や顔を何度も蹴る。

「殺すぞこらぁ！　どうした！　かかってこいよ!!」

見てるみんなを驚かすためには、セリフも大事。

みんながおれの言うことを聞くように、より怖く見せる。声を出せば出すほど、おれの頭や顔が熱くなってより怒りがこみ上げてくる。

「泣いたらやめてもらえると思うなおらぁ！」

「落ち着けって！」

誰かに肩をつかまれた。

止められるとイライラする。

「さわんなや！　てめぇも泣かすぞ！」

邪魔《じゃま》するな。おれにさわんな。どけ。うるせぇ。

「もうやめとけ!!」

聞き覚えのある声だと思ったら、同じ野球少年団の先輩だった。冷静になって見渡すと、止めに入った人達も何人か殴っていた。でも止めようとした奴が悪いよな。

「やべぇ!!」

「つばさ泣かすとかすげぇ！」

「だいきやっぱつえぇ」

その場にいたみんなが盛り上がっている。

「優しいね」

「かっけぇーー」

「だいきありがとう」

ラッキー。なんかいい気持ち。

「別にムカついたからやっただけだけどね」

とカッコつけたけど、嬉しくてなんだかむずむずする。


「いじめから守ったなんて凄《すご》いな」

と、いつもは怒ってる先生も帰りの会で褒《ほ》めてくれた。

給食の牛乳を沢山飲まなくても、サッカーの試合中に突然バスケのルールでやりはじめなくても、かけっこで靴が脱げるようにセットしておいて派手に転ばなくても、悪い奴を倒せば、みんながおれを見ている。みんなおれを頼ってくれ。おれは、正義の味方だぜ。

＊

いい子にしていたからか、ママが退院した。子宮ってやつを全部取ったけど、他の場所にもガンが移るかもしれないから、様子を見なきゃいけない。でももう病院に行く余裕がないからと、それっきりママは病院に行くことなく、少しして働き始めた。

うちは貧乏《びんぼう》なんだとあらためて思う。

「次ガンになったらもう死んでもいい」

ママはそう言うけど、おれは嫌だ。

貧乏だったら死ぬしかないのかよ。

もしそうなら、死ぬしかないのはおれらのせいじゃん。

昔からパパは「結婚なんかするなよ」とよく言っていた。なぜかはわからなかったけど、パパの言う通り、結婚はしないと決めている。今やっと結婚しちゃいけない理由がわかった気がした。

結婚したから子供が生まれた。子供が生まれたら貧乏になる。貧乏になったら死ぬんだ。貧乏なのは、おれらが生まれたから。

死ななきゃいけないのはおれらのせいじゃん。だから結婚ってものはダメなんだね。

おれが死んだ方がいい。てかなんで死んだらダメなんだろう。死なせてくれよ。命なんか嫌いだよ。

なんでだよ。なんでおれが死ななきゃいけねぇの？　なんでおればっかり。いつもそうじゃん。おれが命に嫌われてるんだ。

ずるい。みんなずるい。おかしいだろ。

みんなは文房具もカッコよくて、ねりけしもシールももってる。ゲームも沢山もってて、家族で色んなところに遊びに行って、お菓子をいつも食べてる。勉強だってできるし、習いごとだって沢山やって、服も綺麗だ。

おれは、どうだろう？

野球の少年団に入ってるけど、土日におれが家にいたら困るし、どこも連れて行けないからだろ。安いからだろ。

グローブだってスパイクだってユニフォームだって、全部お下がりだ。左投げなのに右用のグローブを使ってる。

ずっとそうだ。ずっとみんなと違う。

遠足に行った時は、後から番号付きの写真が廊下に貼られることを考えて、なるべく写真に写らない。

お年玉だって多く貰ったと嘘をついてる。

学校で必要な物だって、ほとんど持ってない。

友達の家でご飯が出るまで待って、食べてから家に帰ることもある。スーパーでは試食コーナー巡りで腹をいっぱいにする遊びをしてる。

生まれた場所でこんなに違うのかよ。可哀想だろ。この家に生まれたら可哀想だろ。

そうか、悪いことしても近所の人が怒らなかったのも、先生がたまに優しかったのも、友達がゲームをやらせてくれるのも、おれが貧乏だからだ。可哀想だからなんだ。

いやだ。なんかぜんぶいやだ。何したらいい？　どうしたらいい？　誰が助けてくれる？いい子にしてたって何の意味もねぇよ！　笑っちゃうね。

「俺は金を産むんだ‼」

またパパの怒鳴り声が聞こえる。

「あっちいっとけ」

こーゆーのは、妹に見せちゃいけないから遠くにいかせる。

「カレイの煮付けなんかオカズじゃねぇんだよ！」

いとこのお父さんが釣った、晩御飯のオカズ。パパが帰ってくる前にママとねーちゃんと妹と作ったのに、作ってる最中に味見させてくれた時、すごく美味しかったのに。パパは嫌だったみたい。

覗《のぞ》くと、ママは泣いてた。

泣いてるところなんて見たことなかった。見せてなかっただけなのかな。

パパとママの仲が悪いことにも気づけなかった、おれの頭の悪さが憎《にく》い。頭が悪いのもここに生まれたせいだ。目の奥がジンジンして、苦しくなった。自分がバカでダサくて悔しい。色んなこと考えようとしたけど、何にも考えられなくて涙がでてくる。泣けば泣くほど自分が可哀想でさらに泣けてきて、泣いてる理由を思うと、涙が溢《あふ》れる。扉越しのママとパパの会話を聞きながら、妹にも扉の向こうの2人にも気づかれないように、服の袖で鼻と口を押さえ続けた。

*

誰にも気づかれないよう、お尻の穴とちんちんを押さえる。

4年生になったおれに待ち受ける最初の試練。帰りの会が始まる前からうんこを我慢している。

当然だけど、学校でうんこは、出来ない。

頼む。間に合ってくれ。

先生が何かを話しているけど、頭に入ってこない。

うんこがしたいから。

すかしっ屁《ぺ》の余白すらない肛門はピリピリと悲鳴をあげていて、少しでも屁を出してみようもんなら、全て噴き出る。こんなの低学年でもわかる。

苦しい。押さえつけているお尻の穴の横に、もう一つ穴が空いてしまいそうだ。

そういえば、人は進化するって聞いたことがある。でも進化のタイミングはここじゃないぞ。わかるよね？

　みんなにうんこを我慢してるとバレるわけにもいかないから、自然を装う。

「さよならーーー」

　帰りの会が終わり、掃除の為にそれぞれが椅子を机の上に上げる。

「おい！　おれのやつ誰かやっとけよ！」

　強めの口調で命令して、眉間《みけん》にしわをよせ、早歩きで肩を揺らして教室を出る。

　不機嫌は、何かをやって貰いたい時に有効だ。

「邪魔だ、どけ！」

　学校を出て、家まで10分。限界なんてもう忘れている。

　走りたいけど、多分出る。てかもう出てるんじゃないか？

　このケツの割れ目に感じる水分は、なんだ？　汗であれ。汗であってくれよ！

　景色が歪《ゆが》む。ねぇ、もういいんじゃない？

　出しちゃおうよ。楽になるよ。もう家に帰るだけなんだからさ。出しちゃおう。

　聞こえてくる肛門の声を掻き消し、家の近くまでくるとババがいた。

「だいき！　学校どうだったの？」

「ババ！　どけて！」

「あぁ⁉　ババァどけって⁉　ふざけたこと言ってんじゃないよ！」

「言ってねぇ！　ババってちゃんと言った！」

「いーや！　あんたはババァどけって言ったよ！　ふざけんじゃないよ！」

「言ってねぇ！」

「絶対に許さないからねぇ！！！」

ババァどけ！！！！　もうどっちでもいいわ！　そんな場合じゃねぇんだよ！　失せろ！消えろ！　死ね!!

決死のダッシュでラスボスを突破。

「うらあぁーーーー！！！」

後ろの方でまだババァの怒声が鳴り響く。

「許さないんだからねぇー……」

冷汗とマジ汗でだくだくになりながらも家に到着。ドアが壊れてもいいくらい強く開け、カバンを玄関にぶん投げると、昔おれが集めていた意味不明な石がバラバラになって転がった。けど、なりふり構わずトイレへ。

ブブブブリリリ
トイレのドアは開けっ放しで、パンツの方に親指を掛け、ズボンと同時に下した瞬間にもう出た。

慌てて座ってギリセーフ。

気持ちいい。うんこをする時ってなんでこんなに気持ちがいいんだ。危なかった。頑張ってよかった。努力は必ず報われるってなんかで聞いたけど、その通りだなぁ。「ありがとう」となにかに感謝している自分に笑ってしまった。

「ただいまー」

トイレから出ると、小学校2年生にあがり、学校が楽しいらしい妹が帰ってきた。

「なんか良い匂いするー」

うんこだと思うけど。

「まじ？　何の匂いだろ？」

照れるからやめれ。

「あ！　これだ！」

妹が床に落ちてるビー玉くらいの物体を拾って匂いを嗅《か》ぐ。

「肉だぁーーーー！　おいしそぉー」

うんこだ。やめろ。

「落ちてるものは汚いからやめとけ」

辺りを見渡すと所々に撒《ま》き散らしていた。我慢しすぎたのか、感覚がなかった。

「大樹だって落ちてる物いつも食べるじゃん！　あ！　こっちにも肉ある」

妹は、少し柔らかくて芳ばしい香りのするおれのうんこを、一つ一つ匂いを確かめてから、かき集める。

「にっく！　にっく！　にっくぅー！」

オリジナルの歌も作曲してご機嫌だ。

肉が床に転がってるわけがないだろう？

「もう汚ねぇから捨てろ！」

「内緒で食べてたんでしょ？　ずるいよ！」

「おれじゃない！　多分ねーちゃんだ！」

「じゃはんぶんあげるから一緒に食べよぉ？」

いや、うんこなんだよ。

「それ腐ってんの！　汚いから捨てろ！」

「やだぁーーー！　ママ帰ってきてから食べれるか聞く！」

「ダメだ！　捨てろ！」

頭を叩いて言うことを聞かせる。

だってうんこなんだもん。

「へんだよー！　もったいないじゃーーん！」

妹は、泣きながらうんこを握りしめている。

「冷蔵庫で冷やすーー。食べ物粗末《そまつ》にしちゃだめだもん！」

「勝手にしろ！」

「ただいまー」

よくないタイミングでねーちゃんが帰ってきた。

「くっさ！　なんか玄関にうんち落ちてんだけどー！」

妹と目があったまま時が止まった。

妹は、表情を変えずにおれを見ている。

クソが‼　うんこだと最初から言えばよかった。でも集めたのはお前だからな。

あぁ、おれのケツから肉が出ていれば何の問題もなかったのに。今すぐ進化してくれよ。

「ねぇ！　どっち⁉　片付けな！」

うんこを食べたくて泣いていた妹は、全てを悟った顔でおれを指さしている。うんこを握った指で。

おれは、今度から学校でうんこをしようと心に誓った。努力は報われないんだから。

「ひゃーーーーーーー‼」

その日の夜、ママが冷蔵庫の忘れ去られてキンキンに冷えたうんこを見つけて悲鳴をあげた。

妹はまた無表情でおれを指さしている。

いやお前だろ。お前が作った冷やしうんこじゃねぇかよ。

「なに考えてんの⁉」

ママは怒る。

「ねぇーママぁー！　それをかくし味にしてよぉ～」

おれはバカを演じて誤魔化《ごまか》す。

「気持ち悪い！　バッカじゃないの！」

おれがバカじゃないと家族は仲良く出来ないから。バカでいるのは慣れっこだ。

「にっく！　にっく！　にっくぅ～」

あきれられながらも名曲を歌いつづけた。

＊

外はフワフワした雪が降っていて、街灯の近くをキラキラ落ちていく。大通りを行き交う車達のチカチカしたヘッドライトが、コンクリートの雑居《ざっきょ》ビルを順番に照らしていく。このビルは、昼間に近くで見るとヒビ割れが目立ち、汚れて、疲れ切っている建物だけど、夜になると、誇らしげに呼吸をしているように見える。

何も知らなかった小さな頃、こんな感じの雑居ビルは、悪い大人が集まるイケナイ場所だと思っていた。

ビルの高い所から赤や青や紫など、店ごとに違うカラフルに発色する四角の看板《かんばん》が縦に同じ大きさで連なって生えていて、その下から2番目のピンクの看板がママの働く「スナックらぶりん」だ。

ママは、退院してからここで働いていた。

階段を上らなくても、外の道路までカラオケの音が漏れてきて、タバコとお酒の匂いが鼻についた。

カランカラン
中に入るとおじさん達がおじさんが好きそうな曲を歌っていて、ママとは違うこの店の「ママ」が出迎えてくれる。

「だいき、いらっしゃーい！」

他のお客さんと変わらない挨拶《あいさつ》。

「こんばんは」

いつものように礼儀正しく挨拶をする。

しようと思えばいつでも出来るけど、ここ以外では、出来ないふりをしている。その方が都合がいいから。

「てるちゃんベロベロだけどあと1時間くらいであがるよー」

「りょーかいでーす」

ボックス席が4つにカウンターが10席ほどの店内。じゃまにならないよう、カウンターの端に座らせてもらい、特別甘く感じる普通のオレンジジュースを貰って奥のボックス席に目をやると、おれのママがいつも通り酔っ払っている。

ママのいるボックス席をよく観察する。あのおじさんがどんな気持ちでここにきて、どんなことを話しているのか。

浮気や不倫、お金の話や、職場の嫌なこと、芸能人の悪口で盛り上がっている。

おれのママは嘘なのか本当なのかわからないくらい楽しそうで、おじさん達とベタベタくっついて笑っている。仕事だから仕方ないと思うようにしているけど、やっぱりなんか気持ち悪い。

「おい！　息子もこっちに来い」

おじさんに呼ばれて席に向かう。

「おとなりしつれいしまぁーーす」

「どこでなに覚えてんだよ！」

店の女の子のマネをすると笑ってくれる。

氷が減ったら入れるし、グラスに水滴がついていたらおしぼりで拭く。そのおしぼりをチンチンの形に折って置いておくとおじさん達は喜ぶ。

「かんぱーーーい」

乾杯は、お客さんよりグラスを下に当てることだって覚えた。

みんなが話している内容もなんとなく理解できるようになってきたと同時に、知らないふりをした方が大人は喜ぶことを知った。

「学校行ってんのか？」

大人は何故か学校に行かせたがる。

「一応行ってるよ」

「ちゃんと学校いけよー」

うるせぇよ。お前に何がわかる。なんのために行くか説明しろおっさん。

「俺なんか小6からタバコ吸い始めてよぉー」

「鯨《くじら》の肉なんかでねぇだろー？」

「俺らの時代はさぁー」

「昔はバリバリの暴走族よ」

「センコーにボカスカ殴られたら親がありがとうございますって言うんだぜ？」

「今の子は喧嘩したら親が出てきて気合い入ってねぇよ」

何度も聞いた軽快で退屈なオヤジトーク。

「すげぇーそーなんだー」

これだけ言っときゃ問題なし。

気持ちよさそうに話してるおじさんは、店内に充満するタバコの煙で白くモヤがかかっていて、白い鼻毛が飛び出た鼻に、口から吐いた煙が吸い込まれていく。この煙は、胃に入っている？　ケツからうんことして出るのかな？　じゃうんこが白？

胸ポケットに押し込まれた赤いラーク。まだあるからお使いは頼まれなそう。お使い行けばお釣りもらえるんだけどなぁ。

タバコを人差し指と中指で挟んでいる。その両の指は太くて黒くて汚くて、おじさんが頑張っておじさんになったんだと感じた。さらに下に目をやるとグラスがコースターからズレている。何ものってないコースターに、タバコの灰が湿ってのってるのを眺めていたら昔話が終わってた。

「おうカラオケ歌え」

きたきた、いつもの流れだ。

「おれ？　しゃーねぇなぁ」

長渕剛、松山千春、郷ひろみ、北島三郎、サザンオールスターズ、B'z、最近はミスチルも喜んでたけどどーしよっかなぁ。

「じゃ歌いまーす」

分厚い本から番号を調べ、間違えないようにリモコンに打ち込む。テレビの横の機械をしっかり狙って送信すると、「THE　虎舞竜《とらぶりゅう》　ロード」と映し出され、ハーモニカの音が店内に響き渡った。

　ソファーの上に靴を脱いで立つと、店内が沸騰《ふっとう》するように盛り上がる。

「渋いの歌うねぇー」

「あはは」

「その気になっちゃって」

「よっ！」

「ロードか」

「いい選曲だ!!」

「だいきーー！」

　声援にカッコつけながら片手をあげて応える。

「ちょうど1年前に〜」

「何歳だよ！」

「この道を通った夜〜」

「門限大丈夫かー」

　おじさん達の合いの手で店内はさらに盛り上がり、いつのまにか違う席の人達も混ざっていた。

「よーしチップだ」

カラオケを歌うと1000円。いい商売だ。

「わたしにもちょーだいよー」

店の子が羨《うらや》ましそうに声を出す。

バカだよなぁ。子供が大人の歌を歌うから貰《もら》えるのに。

大人なのにそんなのもわからないのか。


「はーい、これてるちゃんの給料ね」

「ありがとうございます」

「だいきまたねー」

お店も閉め終わり、酔っ払ったママと2人、夜道を歩いて帰る。

もったいないから、お客さんからタクシー代を貰ってもいつも歩いて帰る。

「もーだいきー歌上手になったねぇー」

「まぁね」

酔っ払ったママの喋り方は、ねっとりとしていて遅い。どうせ明日には、この会話を忘れているからテキトーに相槌《あいづち》を打つだけでいい。

「信号青になるよ」

「やー！　怖いから肩貸してぇー！」

　低めのヒールだけど、この時期は交差点がアイスバーンになっているからママが滑《すべ》って転ばないように注意しておく。にしても全然前に進もうとしない。

「おせぇな！　おい！　おれの肩摑《つか》めるもんなら摑んでみな‼」

「まって歩けないってぇ！」

　ママに意地悪するのは楽しい。

「飲みすぎるからだ‼　わはははは」

　スケート選手みたく、ママの周りを滑り続ける。

「やめてよぉーー」

　嫌がりながらもママは笑っている。

　信号は赤に変わり、車が長い列を作っているけど、お構いなしにふざけ続ける。運転手が笑いながら降りて来て、歩道まで付き添ってくれた。

　2人で歩く家までの道のりは、めんどくさいけど、頭の中がじわじわしてきて、胸がトロける。

　ママと話していると「何でもないような事が幸せだったと思う」という歌詞が頭の中をぐるぐる駆け巡る。

　街灯、ヘッドライト、よくわからない電飾や看板、目に映る光達が家までの案内をしていた。

＊

細く暗くなっていく画面を元に戻すため、得意の角度や絶妙な力加減でテレビの横を叩く。

「キテレツ大百科」を見ながら、おいしいチョコをかじった。

みんながシールだけ抜いて、コンビニのゴミ箱に捨てたビックリマンチョコをバレないようにゴミ箱から持ってきていたのさ。

そんなことより遅刻は確定。

そろそろ、れおの家に向かわなきゃいけない。

昨日から脱いだままにしてあった、兄のお下がりのつなぎを身にまとい、完全武装の無敵気分で外へと飛び出す。

昨日の夜は大雪だったみたいだけど、今日は降った雪に太陽が反射してキラキラ眩しい。

雲一つない青が濃く見える。

息を大きく吸うと鼻の中が冷たくなって、鼻毛が凍りパリパリした。

除雪機が通った後の歩道を歩いていると、車道と歩道の真ん中に雪をいい感じに集めて出来た山がある。

これを見つけたらもう登らないと気がすまない。すぐに山から一度も下りずに学校に向かうルールが作られた。

落ちたら最初に登った所からになってしまうから、慎重に道を探しながら向かう。下はマグマだ。

あぁ！　なんで行きたい方向に山が繋がってないんだ！　セーブポイントを作ろう！　くそっ！　行きてぇ道に行けねぇ！　しかし！　おれは、絶対に仲間を救うんだ！　あぁ！　いそがねぇと間に合わなくなっちまうよ!!

キーンコーンカーンコーン
学校を忘れていた。

何時間目かの鐘で我にかえり、マグマに入り、ダッシュで向かう。

靴の中に雪が入っているけど、一回脱いでトントンして出すのがめんどうだから、そのままでいい。穴の空いた靴下がビチャビチョだ。

れおの家のピンポンを押しても、誰も出てこない。

れおの家の隣は今は老人ホームだけど、2年前までは畑だった。そこを横断して、フェンスがない裏口から入れば、1分で校内さ。

老人ホームになってからは、知らないじいちゃんばあちゃんに見られながらデカい窓ガラスの横を突っ切っている。

窓越しに目が合うと、手を振って誤魔化す。

窓が開いていて、隙間からじいちゃんばあちゃんが聴いているのであろうラジオの音が流れ出ていた。

「知らない世界に飛び込むのって控えめに言って勇気リンリンオブジョイトイじゃね!!」

「それなすぎてそれな。変わらない環境って楽なんだよな」

「それでは曲にいっちゃいますショータイム!!」

テレビがあるのになんでラジオ聴くんだ?

それにしても、こうして学校に行くのはあと何回なんだろう。

扉の前に着いて、呼吸を整える。

教室では、先生がなんかの説明をしている。中の声に耳を澄まし、一番静かな時に派手に入るのが大事。

その時が来るのを静かに待つ。

カッカカッカッカッ
黒板にチョークが当たる音しか聞こえない瞬間……いまだ!

ガラガラガラ
音が鳴るように強めにドアを開けると、みんな一斉に俺を見る。嬉しそうな顔しやがって。

「待たせてすまん、天才石山。今到着だ」

「何回も言わせるな。お前は天の災《わざわ》いと書いててんさいだ」

先生とのやり取りでみんなが笑う。

遅刻は大正解だった。

＊

クラスでは、少し前から卒業アルバムの制作をしたり、卒業式へ向けて森山直太朗の「さくら」を練習したりして楽しそうにしているが、俺はピンチだ。

毎年、泣いている6年生を見ると、俺も泣きそうになってしまっていた。でもみんなの前で泣く所を絶対に見られたくないから、我慢している。もしも自分の卒業式で泣いちゃったら、俺の涙を見たやつの記憶を消すのに命をかける男として生きていくことになる。

とにかく人の涙を見ないように前だけを向いとけばいいと思ったけど、あいつ真剣に先生の話を聞いてるなぁと思われるのも嫌だから、仲良い友達にちょっかいかける方法もある。でももしもそいつが泣いていたら……くそ、ピンチだ。

そんな悩みなんてお構い無しに、1ヶ月後に卒業式はやってくる。行かないというのは、逃げたことになる。ダサいからダメだ。

てか6年間過ごしたみんなの最後の思い出の中に、俺がいないのは嫌だ。何かをしたい時は、何かを我慢しなくちゃいけない。

行きたくない。みんなと過ごしたい。泣きたくない。恥ずかしい。いやだ。いやだ。いやだ。


「聞いてもらいましたのは森山直太朗で『君は五番目の季節』ひぇひぇ！　ひぇーい!!」

「テンションと曲のズレがエグい！　全然チャラくねぇじゃん！」

「そぉ？　1周まわって逆にチャラだべ」

「チャラの定義わっかんねぇけど追加ルール付加すんなし！」

「ルールって大事だけど、変えちゃえばそれがルールだしぃ？」

「そうやってアップデートしてきて今があるんだよねぇ、ってなるかぁ！」

「この曲は、好きな人が教えてくれた曲でさ、君の知らない町をタンポポの綿毛のように勝手気儘《きまま》に」

「いや所作《しよさ》を全面にだすな！」

2

学区が違うから、小学校の同級生達とはほとんど離れ離れになってしまい、最初は友達がいない中学校生活に戸惑《とまど》った。

「石山。お前掛《か》け算《ざん》できないのか」

授業中、先生が驚いた顔で聞いてくる。

「あぁ、はい」

掛け算どころじゃない。漢字は何にも覚えちゃいなくて、勉強についていけてないけど、毎日、教室の窓に流れてくる雲を追ったり、時計の秒数を数えたりしながら給食の時間まで我慢して、野球の部活動が始まるのを待っていた。

「掛け算なんか小学2年生でならうぞ」

後ろの席から意地悪い声が聞こえてきた。

ガタンッガシャガターンバサバサ
椅子を鳴らして立ち上がり、顔面に拳《こぶし》を思い切りぶつけた。

「てめぇ殺されてぇのか⁉」

デケェ声をあげて周りにも舐《な》められないようにしないと。

「なにしてんだ！」

先生が声を荒げる中、キャーキャー騒ぐ女子達、ビビりながらも普通を装ってカッコつけてる男子達が目に入ってきた。

「いや、こいつが嫌なことしてくるから」

どう考えてもこいつが悪い。俺は悪くない。

「石山こっちにきなさい！」

教室から出されて、また生徒指導室に連れて行かれる。生徒指導室の窓は釘《くぎ》が打ってあって開かないようになっているし、ドアは外から鍵を閉められるので、簡単には抜け出せない。悪いことをした生徒が先生と話す部屋だ。

「お前のねーちゃんもよくここに入ってたなぁ」

「何で俺が入れられるんですか？」

「お前が殴ったからだろう」

「やなこと言ってきたのはあいつっすよ」

「だからってなんでいきなり殴るんだよ」

「殴られるようなことしたからだろ。何で俺が悪者なんだよ！」

「殴った方が悪いに決まってるだろ」

先生は馬鹿にしたような笑いを浮かべる。

「意味わかんねぇよ！　じゃ殴られるようなことした奴ズリィだろ！　人に嫌なこと無限に出来るだろ！」

「暴力で解決するな！　我慢をしろ！」

「我慢？　なんで俺が？　お前頭おかしいな？」

狂ってる。なんでやられた側が我慢すんだよ。

「お前？　口の利《き》き方考えろ！」

「口の利き方じゃねぇだろ、内容の話してんだよ！　ずるいぞ！　お前ら全員死ね！　お前が間違えてんのに俺のせいにしてんじゃねぇよ！　お前こそ口の利き方考えろよ！　なに偉そーに喋ってんだよ！」

「だめだ、お前話にならんな。家族に連絡する」

「俺とお前の話だろ！　お前が変なこと言ってんのになんで家族を巻き込むんだよ！　イカれてんのか？」

　ママの職場にしつこく連絡をされると仕事が出来なくなって、生活が出来なくなるかもしれない。家に迷惑かけないでくれ。マジでなんなんだこいつは。

「あのなぁ。お前が問題を起こすと他の人の勉強が遅れちゃうんだぞ？　今だって授業がストップしてるだろ」

「ストップさせてるのはお前だろ」

まず俺に嫌な思いをさせた奴がいただろ。会話になんねぇ。

「石山ぁ。お前のせいで授業が出来なくなってるのがわからんのか？」

呆《あき》れた。

「お前マジ気持ち悪りぃよ」

「だから先生への口の利き方!!」

「うるせーな！　口の利き方の話今してねぇだろ！　殺すぞ！」

結局、全部俺のせいになり、生徒指導室で給食を食べる羽目になって、さらに部活も出られない。

だりぃ。小学校の時は俺に嫌なことしてくる人はいなくて、学校では快適な日々を送ってた。なのに何だあいつ。そして話の通じねぇ先生。舐《な》めてる。全員俺を舐めてる。

パギャリンッパリンパリンッ
そばにあった分厚い本で、窓を破って外に出た。

窓を破るのは悪くない。俺を閉じ込めた奴が悪い。2階から飛び降りて、そのまま家に帰ることにした。

平日の昼過ぎ。外は人気《ひとけ》が少なく、買い物に行くおばさんくらいしか歩いていない。俺だけが普通の道から外れることが出来る、特別な人間なんだと思わせてくれる。

「ただいまー」

誰もいないけど、一応声に出して帰宅したことを伝える。

どこにも行くあてもないから帰っては来たけど、別に家が落ち着くわけでもない。

少し前に、ママとパパが離婚した。

元々別居していて、一緒にいることはそんなになかったけど、本格的に離婚が決まった時は、嬉しくて仕方なかった。やっとママが楽になると思ったから。

俺と妹と姉はママについていき、兄はパパの方へ。

兄がそっちに行くのは、どうせ金銭的に恵まれているからだろう。いつも金の話をしてたし。

今は綺麗めな一軒家でゲームやギターを与えられて楽しんでいるらしい。

姉は中学生になってしばらくしてから、あまり家に帰って来なくなり、たまに警察に連れられて戻ってきた。

喧嘩すると、物を燃やしたり、包丁を持ち出してくるから気をつけている。

妹はこの前、万引きをして捕まってしまった。これは俺のせいだと反省してる。小さい時から悪いものを見せ続けてきたから、さらに小学校では、ちょっといじめられてるっぽい。

俺がいた時はそんなことさせなかったのに、もう止められない。だって俺が年下のところにわざわざ行ったらダセェし、妹ももっと嫌われちゃうかもしれない。

ウゥウゥウーーーー

いつから鳴っていたのか、消防車の音が聞こえてることに気がつく。

そしてそれはすぐ近くで停まった。

ドキドキする。全部燃やしてくれないかな。誰も入れないくらい燃えてる家に人が取り残されて、そんな家に俺が飛び込んで人を救ったらみんなが俺を祭り上げてくれるだろう。ヒーローになれるチャンスかもしれない。

とりあえず火事を見に行こうと決めた途端、暗い気持ちが吹き飛んだ。現場に急ごう。


「これ大丈夫かぁ？」

「いや隣に移っちゃうねぇ」

「中に人は？」

「誰もいないみたいだよ」

現場に着くと野次馬の大人達が楽しげに話していて、その先にある家は、想像以上に燃えていた。一気にテンションが上がった。家一軒を丸々赤で包み込み、黒い煙がバチバチと音を立てて空に昇っていき、炎が大人達の顔を照らし、瞳やほっぺに火が映り込んでいた。こんなに大きな炎を見たのは生まれて初めてだ。

消防士が叫ぶ。

「危ないですから下がってください！」

聞こえていないような表情で火事を見ながら、言われた通りノロノロと移動する。

そこでグルメシップと呼ばれる船の形をしたデカい建造物の裏だと気づいた。何屋さんかわからないが、小さい頃からよく見ていたこの船も燃えるのかなぁ。てかこの船って実際、海に浮かべたら走るのか？

「石山！」

呼ばれて振り返ると5組の斉藤が立っている。仲良くもないし、どう話せばいいか迷ったが、すぐに返さないのも変だから、声を出す。

「おぉどした？」

「見にきた感じ？　火事やばいなぁ」

斉藤も楽しんでいることはわかる。

「あれ、部活は？」

たしかサッカー部に入っていたはずだ。

「今日兄貴と遊んでて学校行ってない」

斉藤の兄は、不良。まぁコイツも暇で見に来たんだな。

「そーか。にしてもデケェ火事！」

同じ気持ちでこの火事を見に来た奴に会えて、嬉しい。

斉藤のことは、俺と顔が似てると誰かが言っているのを聞いて知った。

小学生の時から悪目立ちしていたらしく、同学年から一目置かれていたこともあり、少し興味をもっていた。

「暇ならウチ来る？」

突然誘われた。

「あぁ、じゃいってみよっかな」

なんだか照れ臭くて、うまく会話が出来ず、小学校の友達とはどうやって話していたのかを思い返しながら斉藤の家に向かっていると、火事なんてどうでも良くなっていた。

「ここウチ」

俺んちよりは綺麗なアパートだ。

「どれが斉藤の家？」

「このアパート全部ウチよ」

「まじ⁉」

「ここが俺の部屋でこっちが兄貴の部屋」

一瞬驚いたけど、すぐに嘘だとわかった。そんなわけないもんな、こいつアパート住まいが恥ずかしいのか。

「金持ちってこと？」

「まぁそうでもないけど」

昔の自分を見ているようで恥ずかしい。

斉藤もきっと見栄をはって、嘘ついて、自分の人生を何とか生きているんだ。そう思うと、好きになれた。俺も同じだぞって心の中で叫んだ。

一度家に入って出てきた斉藤が、首を振る。

「わりぃ、今日は中で遊べないわ」

親に止められたのか、それとも家の中を見られたくないのかわからないけど、突然の拒否。

「親？」

「ウチ父さんいないし、母さんもまだ仕事。ねーちゃんがキレてる」

斉藤の家も片親か。

「まじか。じゃ明日学校で遊ぼうや」

やっと仲間を見つけた気がして、それでもそれを伝えるのはダサいから出来なくて、精一杯の言葉を投げた。

「おっけぇ！　したっけ」

別れたあとも、斉藤と話したことを噛み締めて、一人じゃない、俺だけじゃないんだと嬉しくなる。

火事は無事消し止められて、跡地をみてもなんとも思わない。それよりも明日の学校が楽しみで仕方がなかった。

「指揮者は石山さんに決定です」

帰りの会で投票した結果、俺が指揮者をやることになった。

ダリィけどお願いされたら仕方ねぇ、と思いつつも喜んでいる自分がいた。

小学校の学習発表会でも主役じゃないと嫌だったたし、幼稚園の頃も目立つ楽器を人に取られたらブチギレてたっけ。俺って結構ガキなんだな。

＊

窓の外は、葉っぱが腐りかけて落ちている。それをぼんやり眺め、四季の変化を感じている風を装って、大人ぶった横顔をクラスメイトに見てもらう努力をする。

中学校にも、なんとなくだけど馴染《なじ》んできた。

友達も出来て、野球部も最高だ。中でも米山は、今まで見てきた人の中で一番野球が上手いから、教えて貰いながらよく一緒に練習している。

学校はダリィけど部活は行きたいから、先生の言うことが間違っていても我慢するしかないんだ。

とは言いつつ、この前クラシックしか流れない給食時間がクソだから、放送室に忍び込んでB'zを爆音で流してやったらまた生徒指導室に呼ばれた。

そん時は斉藤も米山も喜んでくれて、他の生徒も笑ってたし、みんな絶対楽しかったはずなのに。

つかクラシックだけのルールいらなくね？

シャツを出してはいけない、ボタンは閉めなきゃいけない、上靴をスリッパのようにしてはいけないって、もっと気にするところあんだろ。

それでも職場に電話されてママが働けなくなんないように、なるべく問題行動を起こさないようにしている。

はぁ、合唱コンクールでなにを歌うかなんてどうでもいいから、早く終われよ。どうせクラシックみたいなよくわかんねぇ曲だろ。

キーンコーンカーンコーン
帰る鐘がなったから、掃除当番を無視して学校を出る。

「石山、掃除だよー」

呼び止める女子の声に、後ろを向いたままチョキを閉じたようなハンドサインを作り、右手を上げて手首をクイッと動かして見せた。

「はーい今度やりまーす」

何かをサボるなんて、他の人には出来ない。普通に帰っちゃう俺をみんなすげぇと思ってんだろうなあ。

今日は部活がないから、斉藤と遊ぶため、溜まり場にしている西牧場公園《にしまきば》へ向かう。

「なんか楽しいことねぇかなー」

ブランコを揺らして退屈そうにしている斉藤は、青い箱のマイルドセブン8ミリをふかしながら、煙と共に口癖のようにこのセリフを吐く。

小学校5年の頃から吸っていたと聞いた時は、なかなか気合い入ってるなと感心した。

俺は小学校の時、興味本位でパパのセブンスターを吸って気持ち悪くなって以降、タバコは吸ってない。吸ってるのがカッコいい風潮は何となく理解している上で、あえて吸わないカッコ良さを貫いていた。

一度タバコを断って先輩にキレられたけど、関係ない。吸わないを貫《つらぬ》く自分が好きだ。

「楽しいことねぇよなぁ。てか勉強って何のためにするのかわからないのに、なんでみんな頑張って真面目にやってんだろうな」

「部活もそうじゃね？」

斉藤は、サッカー部に入ってるけど、あまり行ってないみたい。

「あー部活もたしかにそうか」

「意味ねぇことばっかりだべ」

「意味ねぇ……か」

「将来プロ野球選手になりたい」と小学校の卒業作文に書いたけど、現実を見たら厳しいと、中学に入って知った。

俺なんかよりずっと野球の上手い米山が、中学軟式しかやっていないレベルで強い硬式の高校に入ってレギュラーを取るのは、米山でもなかなか難しいんだと教えてくれたから。

米山が無理なら俺なんか無理だろ。

硬式やっとけばよかった。いや無理か、結局また金じゃん。強い野球チームでやるのも、そこから高校行くのも金がかかる。硬式の野球道具なんか買えねぇよ。

それでも卒業作文には、「もし野球選手になれなかったとしても、とにかく凡人にはなりたくない」と保険を残した。野球少年団のキャプテンをやりながらも、道具すらまともに揃えられない貧乏人じゃ無理だと、なんとなくわかってたんだと思う。

プロが無理だとしても、でかいことするんだろうなと、変な自信は持ち続けている。

「ほんと頑張っても意味ねぇよなぁ」

斉藤は、公園の土を足で掘っていた。

「そーだよな、なんもしたくねぇ」

頑張れば夢は叶うとか励ましのセリフみたいなのを聞くと、クソムカつく。

何を頑張ればいい？　どう努力すればいい？　誰が努力の仕方を教えてくれた？　お前ら恵まれ過ぎて、そもそも頑張り方を教わってない奴を想像出来てないだろ。育ちが違い過ぎるんだよ。

「俺らってさぁ、今からみんなみたいに真面目に勉強をしても追いつけるとは思えねぇし、明らかに不利じゃね？」

勝手に似てると思っている斉藤に聞いてみた。

「やりたくもないしね。頑張ってる奴なんか馬鹿だけだろ、将来なんの役に立つかもわからねぇのにさ」

求めていた返答がきて嬉しい。

「ヤクザにでもなりゃいっか」

ヤクザはなんとなくダサいと思ってたけど、気合いを見せるためカマす。

「知り合いに彫り師いるから今度刺青《いれずみ》入れに行こうぜ」

おぉマジか。

「めっちゃいいじゃん！　金ねぇけど出世払いで頼むか！　はははは」

ヤクザが良くないことは知ってるけど、良くない道でも人から求められるなら何でもいいや。凡人にはなりたくねぇから。

いとこの面倒をみるのは楽しくて、子供が好きだから、幼稚園の先生とかやりたい気もする。でも今からなれるわけないだろうし。

てか、先のことなんかどうでもいいや。

気づけば、他の同級生も4人ほど公園に来ていて、近くでお菓子を食べていた。何人かがお菓子のゴミをそこら辺に捨て始めたのが目に入り、スイッチを入れた。

「おい、てめぇら拾え！」

許さねぇ。そいつらの方に肩を揺らして向かう。

「どうした石山？」

ポイ捨てをした内の1人が馴れ馴れしく俺の名前を呼ぶのも気に入らない。

「ポイ捨てすんな、殺すぞ」

「いきなりなんだよ」

「誰に口利いてんだテメェ！」

対等に話そうとしてくるザコを睨《にら》み付ける。

地球の環境に良くないとどっかで耳にしてから、ポイ捨ては許せない。

「オラ！　聞いてんのかオイ！」

コイツは金持ちのボンボンで、親の金でお菓子とタバコを買って調子に乗っている。なんの苦労も知らずに地球を汚すゴミ野郎だからこそ、俺は、無性に腹が立つ。タバコをふかす表情も気に入らない。肺に入れてないだろ、金の無駄遣《づか》いじゃないか。つかコイツは万引きしてきたはずだ。自動販売機からジュースを引き抜く通称アッパーや、スーパーでのカゴダッシュを得意としていて、カートンごとパクったと豪語《ごうご》していたダサい男。

「あー久々だからヤニクラするわぁー、ってさっき聞こえてきてたけど、マジムカつくんだわその感じ」

俺はそのボンボンをただただ睨みつける。

ヤニで頭がクラクラするって言葉を略してヤニクラって言うんだぜ？　知ってるか？　ってザコ仲間にひけらかしてる感じが伝わってくるからウゼェんだよ。

「なぁ？　聞いてっか？　テメェに言ってんだよコラァ！」

みんなの前でボコボコにして根性焼きでヤニクラって書いてやるよ。口に出さなくてもアピールできて嬉しいね？

「なめてんのか、テメェよぉ！」

あとテニス部だっけ？　利き腕の骨折っとくわ。いつも自慢している買ってもらった高級テニスラケットもただのフィギュアになって、ラケットもお前に使われるよりは、幸せな人生、いやラケット生になるわ。んでウチだったら骨が折れても成長痛って言われて終わりだけど、お前んちは金あるから病院連れて行って貰えるし全然いーじゃん。

「今すぐ骨ブチ折ってやるからなぁ！」

「……せんでした！　すみませんでした！　すみませんでした！」

その声が耳に届いたけど、やめられない。

「早く腕出せ！　ださねぇならボコしてから逆折りすっからよぉ!!」

「大樹、あやまってるからやめとけって」

　斉藤が止めに入る。

　周りを見ると、みんながゴミを拾っていて嬉しくなったけど、すぐに怒りをおさめるのも変だから、少し怒ってる感じを続けた。

「気を付けろよ」

　我ながらいいことをした。俺がコイツらを変えてやったんだ。俺が世界を少し変えたんだ。

「俺んちいこーぜ」

　斉藤が知らねぇ人の家からチャリを盗んで乗ってきた。鉄の爪ヤスリで鍵を開ける方法を教えてもらったことがあるが、盗みは嫌いだから俺はしない。盗みたい気持ちもわかるし、俺が盗んだ訳じゃないからまぁいい。走り出したチャリの後ろに飛び乗り、ビビって棒立ちの同級生達の方を振り返らずに、右手を上げてヒラヒラと動かし、その場を去る。

　自分の後ろ姿を想像して照れる。

　最後の去り方、ちょっとカッコ良過ぎちゃったな……。

＊

冬休みは給食がないからマジでキツい。

なんで休みを作るんだろう？　俺は、長い休みを嬉しいと思ったことはない。いつも学校が始まるまで生活が不安だ。

でも今は、それよりも不安なことがある。

ここ何日か妹のパンツが血塗《ちまみ》れだ。

汚れたジャージやユニフォームを洗濯機に入れても、洗濯機が壊れてるから意味もなく、また必要な時に洗ってないユニフォームを取り出して仕方なく着る。その時に血塗れのパンツがついてくるんだ。

何があったのかわからなくて心配だけど、妹は何も言ってこない。

ママは、飲み屋が終わると、うちに1000円だけ置いてババの家に泊まるようになっていた。

その1000円でパンツを買ってやりたいけど、突然買ったら嫌がるかもしれない。だからとりあえず、晩御飯《ばんごはん》や部活の時の交通費に使っている。

早く誰か気づいてやってくれ。

妹から言ってくれないと何もしてあげられない。頼りない兄でごめん。

それ以上考えないようにして、外へ飛び出す。

今日の0時で斉藤の誕生日になるから、遊ぶことになっている。

「高速道路入らねぇか？」

合流してすぐ聞いた。

嫌な気持ちを晴らすためには刺激だ。

「はぁ？　どうやってだよ」

「ちょっと来てみろ」

除雪車が作った雪山が大きくなり過ぎて、登れば高速道路に入れそうな場所を見つけていた。

「ここ登って運転手ビビらそうぜ」

「最高の誕生日じゃん」

斉藤も嬉しそうだ。

「バレたらめんどくせぇから、周り見といて！」

先に俺が登る。

「余裕で入れるわ！」

ウオォン。高速道路に侵入すると、車がとてつもないスピードで目の前を横切っていった。

「すげぇスリル」

「とりあえず車とスピードしようや！」

すぐに追いついて来た斉藤も興奮している。やっぱりこいつおもしろい。

「よし、俺らが負けるわけねぇからな！　いこーぜぇ!!」

走りながら、ジャンプに回転を加えたりしている俺らの横を、ノロノロと車が通っていく。

「今の運転手めっちゃビビってたぞ」

それをみて2人で笑う。

「うわぁぁぁーーー!!!」

「いやぁぁぁぁーーー!!!」

冷たく澄んだ空気に奇声を浴びせる。

とてつもない解放感だ。

「おいマッポだ」

斉藤は警察をマッポと呼ぶ。

「サツか」

俺はマネしてると思われたくなくてサツと呼ぶ。

サイレンの音と光が近づいてくる。

「あそこ！」

パトカーのサイレンに焦ったが、中央の分離帯の雪に埋まれば隠れることが出来そうだ。

「急げ！　雪で隠せ!!」

2人でそこにしばらく埋まって、サツが通り過ぎるのを待つ。

「別に捕まってもいいけどな」

ボソッと呟いてみた。

「ヤバいな！　どうせ捕まるならデケェことしてぇけど」

たしかにこんな所で捕まってもダセェか。

高速道路でサツとの鬼ごっこを楽しんでると、奥の空が明るくなってきたから解散した。

眠い目をガン開きにして家に着くとママがいて、様子がいつもと違うことに気づく。

「ジジ死んじゃったわ」

へぇ。斉藤の誕生日が命日とかおもしろいじゃん。

「そうか」

「最後まで大樹のこと気にかけてたよ」

「そうなんだ」

「ジジは男の子がずっと欲しかったの。でもやっと生まれた長男に厳しくし過ぎたせいで嫌われちゃってね」

長男のおじさんはいい年して万引きで何回か捕まっている。あれはジジのせいか。

「俺もだいぶやられたけどな」

「泣きながらでも立ち向かってたしょや」

「いや泣いてただけだけど」

「そーなの？　ジジが大樹はビッグになるぞってずっと言ってたよ」

「優しさの角度変じゃん」

「甲子園で大樹を見るんだって言ってたさ」

甲子園？　夢みてんじゃねぇよ。

「大樹って名前もジジがつけてくれたんだよ」

「まじ？」

「たいじゅのように太く逞《たくま》しく育ちますようにって」

「死んでからキメェ話聞かせんなよ」

呆気《あっけ》ない。あんな強かったジジがガンで簡単に死ぬんだ。

血を吐いているくせに病院が嫌いで、親族に連れられてやっとのことで病院に向かい、初めての診察の時、すでにガンが全身に回っていて到着と同時に危篤《きとく》になった。

気合い入り過ぎて、先生は驚き、親族は笑っていた。

ママが最近帰って来なかったのは、おそらくババとジジの面倒をみていて、家族の時間を大切にしていたんだ。

俺は、気づかないことが多い。でも気づかない方が楽だとわかっている。世界には沢山の苦しんでいる人がいるって知ってるけど、それを俺には、どうしようもできなくて、何より近くで困ってる妹すら救えない男だ。

勉強も出来ないし、運動だって出来ない。

でも気づいちゃだめだ。

鈍感じゃないと狂ってしまう。だから不幸に気づかないフリをして、俺には特別な何かがあると信じて、俺はスゲェんだって、大樹《たいじゅ》のように逞しく生きていくしかない。

「あら！　ジジが好きな北島三郎のカセットテープ入ったままでしょや」

ママの横には、ジジがよく聴いていた、バカデカいラジオが形見としてあった。

CDも流せないし、隙間《すきま》という隙間に埃《ほこり》が詰まっている古いモノなのに、高価なのだとジジは言い張っていた。

ラジオなんて興味ないけど、ベタベタする汚いボタンを押してみた。


「ウケる！　生きてる理由なんてないっしょ！」

「極端《きょくたん》だなぁ！」

「生きる為《ため》の理由作りだべ！　死ぬまでの暇つぶし！」

「マジ悩みしてんだからもっと真剣に考えてあげようやぁ」

「昔さ、当たり前に死にたいとか思ってて、死なせてくれない世の中に、何の為に生きなきゃいけねぇんだよってムカついたのよ。だってさ、ただでさえキチィ毎日なのに、世界にはもっと苦しんでる人がいるとか誰かがカッコつけてほざいててさ、俺は日本に住んでるし、俺の基準で辛《つら》いわけよ。その辛さって俺にしかわかんなくね？　お前が俺の辛さなら死んでるよ？　もう死なせてくれや！　ってなって、一旦《いったん》生きる意味調べた」

「リスナーの皆さん！　これは、笑っていいやつー！！！　深夜休みはウキウキリスニング！　あっちこっちそっちこっちいいやつ！」

「なんで生まれたのか辿《たど》ってたら最終的に宇宙の始まり、つまりビッグバンだったのよ」

「ごめん。ブレーキふめる？」

「ビッグバンは、どこから生まれたのか気になるべ？　無から生まれてるんだぜ？」

「はぁ？」

「無から突如《とつじょ》揺らぎが起きてビッグバンが起きたらしいの！　じゃあ無はどこから生まれたのかというと、無は無から生まれたとしか表せねぇのよ！　おもろくね？」

「おもろくない」

「生きる理由って作りゃオニボコあるんすよ。『誰かが生まれなかった今日だから』『終わりの為に生きる』『自分を証明したい』『愛する人がいるから』『生命の誕生に意味なんか求めなくていい』『なんとなく』『受け継がれた命を繋いでいく義務』『生きる答えを見つけるため』『食う寝る抱くをしたい』『死んだらダメだと教えられた』『考えたことない』などなど。人ってさ、悩んで、迷って、変わってくのよ。俺に出来るのは、自分の生き方を提示して、こんな生き方もあるよって知らせるくらいで」

「もうやめてください！　先生のおっしゃる通りですわ。入信します！　ところで壺《つぼ》のカタログってどちらにありますか？」

＊

中2の夏休みの終わりに新聞配達を始めた。

家計を助けるために、と学校には理由を提出したけど、一番は携帯が欲しいからだ。

夏休み中、部活がない日は仲間で集まり、誰かが持ってきた苦いビールやチューハイを無理して飲んで、つまみを食い散らかしながらMDコンポで爆音を轟《とどろ》かせ、毎日パーティだった。楽しかったけど、みんながメールで色んな人とやりとりしていて切ない思いをさせられた。

自分で稼ぐしかないと勝手に面接を受けに行ったら、即合格。

朝3時に起きて、新聞販売店へ向かう。

薄暗い時間に外に出て、終わる頃には、朝日が顔を出して全身を包む。太陽が気持ち良すぎる。

野球少年団の時、誰よりも早起きして朝練をしていたから朝は強い。

作業は新聞の間にチラシみたいなもんを挟むところからスタートするのだが、おばちゃん達の挟むスピードが速すぎて手元が見えない。

親指と人差し指の先に専用のゴムを取り付けて、新聞を綺麗にまとめて揃《そろ》えてから自分の得意な位置に設置する。右手でチラシを持って、左手で新聞を開く。そこにチラシを入れたかと思ったら、次のチラシをもう持っていてまた挟む。同じ動きを繰り返し、高速で作業を終わらせ、颯爽《さっそう》と朝の住宅街に溶け込んで行くおばちゃん達を尊敬している。

雨の日の配達は、新聞が濡れたら事務所に戻らなきゃいけなくて、配達時間が遅れてしまったことが何度もある。ダリィから濡れたままぶち込んだこともあったけど、クレームがきて解約されてしまった。金を稼ぐってのは結構大変だ。

でも学校の先生みたいな偉そうな奴はいなくて、会話も成立するし、みんな優しい。先生って、なんであんなに俺を舐めてるんだろう？　まともに会話が出来ないよ。

今日も新聞配達が終わってから学校へ行く。

俺がクソ眠いのにバカみたいに学校に行く理由は、３つある。

金がないから給食を食いに行く。

野球をしたいから部活へ行く。

そして体育だ。

特に体育館でのバスケは気合いを入れなきゃいけない。

「ヘイ、パス！」

真ん中半分の所に緑の網を垂《た》らし、女子と男子で分かれて、それぞれバスケをしている。

「パスよこせって！」

ヘタクソ、俺にボールをよこせ。

「こっちフリーだろうが！」

おいボンクラ、早く回せ。

「おしナイスパス！　まかせろ！」

スリーポイントの線から放ったシュートが見事に決まったと同時に、女子の方を横目で確認。

「おっしゃーどうだ！　スリーポイント決めてやったよおい‼　どーだおらぁ！」

見ていなかった女子にも教えてあげないといけない。

大好きな体育が終わったら給食までサボる。

サボっているとみんなが注目してくれるから、その姿を見せつけるために、校庭にある全教室の窓から見える軽自動車くらいデケェ記念石の上で寝ることにしている。その石は、頂点が尖《とが》っていてカラーコーンみたいな形をしているから、一番上で寝るには腕の力が必要だし、無茶な体勢を続けるので、かなりの汗をかく。さらに背中は岩の凸凹で傷だらけになる。

寝ていられない。つまり正確には寝ているフリ。

キツい分、これはなかなか効果的で、その証拠に薄目をあけると生徒が何人か窓から身を乗り出して俺を見ている。

「邪魔だから別の所で寝てろ！」

教室の窓から学校で一番怖いと恐れられている先生が叫ぶ。

すぐに反応すると起きていることがバレるので、少し眠そうな感じを出す。でも両手は塞《ふさ》がれてるから顔だけの演技。

「ふぁーぁ……うっせーなバカやろー！」

ふぅ。

球技大会の日、アイツがグラウンドで偉そうに指導とやらをしてたから、学校の校舎についてる、目立つ時計の下にある非常口からションベンをぶっかけてやったんだけど、まだ懲《こ》りてないみたいだな。

ムカつくから後でアイツの車のサイドミラーへし折って、ナンバープレートぐちゃぐちゃにしてやろう。

給食を食べたら部活の時間まで暇つぶし。授業を受けようと教室に入ると、数学の授業が始まっていた。

「ただいまーーー！」

若い女性教師の多部先生が俺を無視して黒板に何かを書いている。

ほほう？　その手で来たか。

とりあえず席に着くと、前席の男が湿布《しっぷ》ください。

いいこと思いついた！

「おい、お前の貼ってるその湿布かせ」

前の席にいる怪我している男から湿布を貰う。

「みとけよ？」

「なにするの？」

小声で聞いてくるその男は、一丁前に嬉しそうだ。

「いーから黙って見てな」

湿布のぷにぷにしてる部分を千切って左手の人差し指に載せて、デコピンでそれを弾くと、
見事に黒板に張り付いた。

先生はまだ気づいていないのか、説明を続けている。

「ばれてないよ！　ばれてないよ石山くん！」

「わはは！　おもしれぇべ？　大量に黒板につけよう！」

「俺は見とくよ」

「ビビってんじゃねぇよ」

嫌なら仕方ない。

2枚目の湿布をもらい、ひたすらぷにぷにを千切って飛ばすを繰り返す。髪にもつきまくって、クラスのみんなは気づいているのに先生だけは無視。

誰も止めないってことは楽しんでるな⁉

多部先生が黒板消しを使った瞬間、大量の湿布のぷにぷにが伸びてベトベトになり、黒板は使い物にならなくなった。

多部先生は、イライラしてるのか黒板消しをより強く擦る。真剣に真面目にしっかり消そうとすればするほど汚れていって、教室に少し笑いが起きた。俺はもう堪《こら》えられない。

「わははははは‼　とればよかったのに！　痩《や》せ我慢するからだべ！　気づいてたんだろ⁉　取れよ！　何してんだよ！　ぎゃはーーーー！」

「授業の邪魔しないでください‼」

多部先生のキーンとする声が教室に響いた。

「別に学校来なくていいので邪魔しないでください！　なんなんですか⁉　なんでこんなことするんですか⁉　ふざけないで！」

耳が痛い。

「おい、声がうるせーぞ」

物音を立てられないほどに、教室が静まり返った。

ただふざけただけだろ。なんだこいつ。

「あなたがみんなの邪魔をするからでしょう⁉　あなたが怒らせたの！　出て行ってくださ
い‼」

「声がうるせーって言ったよな？　聞こえてんのか？」

「あなたのせいじゃない！　あなたがいなければ声張り上げる必要もなかった！！！」

「声の大きさはテメェの調節《ちょうせつ》次第だろうが！　殺すぞ‼」

「出て行って」

「嫌だ。俺の自由」

「出て行ってよ‼」

「嫌だ」

少しの間ができた教室に、別のクラスで何かを説明する声がかすかに聞こえてきた。

「皆さん！　石山さんが出て行かないと授業が始まりません！　本当に申し訳ありません！」

「うんそうだね。もっと謝りなよ？　俺はずっとここにいるから」

「出て行ってってば‼」

「声がうるせぇ！　俺のうるせぇを無視するのになんで出て行っての要求を飲まなきゃいけ
ねぇんだよ」

「わかった。静かにするから出て行ってください」

「いやだよぉーーーん！　俺は声もデカくするし出てもいかないよぉーーーん！」

教室に少し笑いが起きた。

「あなたが出て行ってください！　あはははは」

モノマネを混じえてお返ししてやったら、先生は、涙を流しながら走って教室を出て行った。

あら、ちょっとやり過ぎたかな？

静まり返ったままの教室が居心地《いごこち》悪い。

「あーーなんか変な感じになっちゃったな」

独り言を放ってみたけど、誰も話さないし、動かない。

バタバタドタバタドタドタ
廊下から慌ただしい足音が近付いてくる。

「警察呼ぶぞ！」

「大人しくしなさい」

「石山！　お前ついにやったな！」

「こっちに来い！！！」

5人くらいの先生に突然押さえ込まれた。

「いってぇなぁ！　なんだよ！」

そのまま教室から引きずられるように生徒指導室に連れて行かれ、先生達が俺を押さえつけた。

「多部先生が脳震盪《のうしんとう》で病院に行った」

「女性を殴ったらだめだろう」

「何でそんなことしたんだ」

「いま警察に行くか協議してる」

言われている意味がわからない。前に男の先生を殴ってしまったことはあるけど、女性には絶対に手をあげないと、漫画で読んでから決めている。

「俺殴ってはないぞ」

「今更後悔しても遅いんだよ！」

「そうじゃなくてマジで」

「たんこぶが出来て嘔吐《おうと》までしてるんだよ！　警察に行かれてもいいのか⁉」

「警察行ってくれよ」

何が起きてんだ？

「お前のことを思って警察に行くか迷ってるんだぞ！」

「あのさぁ、殴ってはいないのよ」

「怪我人が出てるのによくそんな嘘つけるな」

怖い。

担任の先生が部屋に入ってきた。

「今旦那《だんな》さんと話して、警察は行かなくてもいいとのことだ。よかったな」

「まて！　警察行ってくれよ！　なんで警察行かねぇんだよ！　早く！　今すぐだ！」

先生達がなだめてくる。

「強がるな、落ち着け」

「おい！　ゴミみてぇなことしてんじゃねぇよ！　グルだろ！　俺を落とし入れようとしてんだろ！　やってねんだよ！　どうして俺が警察行きたいって言ってるのに行かせてくれないんだ⁉　なんでだ⁉」

「どうした落ち着け。今戻ってくるから、直接謝れ」

「謝る必要ないだろ」

「自分のやったことに責任をもて！　お前は少し甘えすぎじゃないか？　なんでも許されるわけないだろう？　大人になれ、人生はお前が思っているより厳しいんだよ。やってしまったことを償って、やり直せばいいだろう」

「だからやってねぇんだよ！！！！」

「言い訳するんじゃない！　貧乏を言い訳にしてノートも買わない、勉強が出来ないから授業でふざける。お前の人生は全て言い訳だらけなんだよ！」

は？　急に貧乏って言い出したけど、なんでだ？　俺の人生が全て言い訳？

つか人の前で、お金がないなんて言ったことねぇぞ。

お前は、貧乏を言い訳にしてると勝手に判断してたんだな？

お前が知ってるのは、ノートも持ってなくて、教科書は兄や姉のお下がりってことだけだろ。

それを見て言い訳だと思ってたのか？

これが言い訳？　貧乏が言い訳？　新聞配達しなきゃやりたいことも出来ないんだぜ？

俺だってみんなと同じような普通の家に生まれたかった。それに、まず殴ってない。やっていないのになんで責められなきゃなんないんだよ。

こんな奴らの前で泣きたくないのに、悔し過ぎて涙が出てきた。

「反省したか？　今更泣いたって遅いんだ」

「だまれ殺すぞ」

「とりあえず慰謝料や治療費の話はお母さんとしておくから」

なんの慰謝料だ？　またママを働かせるのか？　体だって良くないんだよ。助けてくれよ。

「頼むからクラスのみんなに聞いてくれないか？　やってないんだよ」

「あぁクラスのみんなはお前を怖がってなのか、殴ってないって言ってるよ」

そんなのありかよ。クラスメイトが殴ってないって言ってるなら殴ってないだろ。

「なぁ、慰謝料なんて払う金ないよ。警察に行かせてくれ」

「じゃあ最初から弱者に手を上げるようなことをするな！」

「勘弁《かんべん》してくれ、本当にやってないからとりあえず警察に行かせてくれ」

見たことのない男が部屋に入ってきた。

量が多いモサモサの黒い髪。眉毛《まゆげ》が出るように切られていて、博士がかけるようなメガネが、僕は真面目な人間ですよ、とアピールしているみたいだ。

この男が多部先生の旦那だと紹介された。

「しっかり謝罪してくれたら、慰謝料も治療費もなくていいし学校を訴えることもしません」

メガネに俺を映し、30代にしては少し高い声を発した。

「はぁ？」

俺があからさまに不愉快な態度を見せつけると、周りの大人が旦那のご機嫌取りを始める。

「まぁ彼、今は興奮状態ですしね」

「寛容《かんよう》な対応ありがとうございます」

それを受けて旦那も、大人の対応をしていますよ、といった顔を作って笑う。

真面目《まじめ》に生きてこれたことがそんなに偉いのか？

てかこいつら本気で言ってんだよな？

お前らの世界は気持ち悪いんだよ。

真面目に生きてきたことに誇りを持っている旦那。そして、その嫁である嘘つきの多部先生。なぁ？　本当は、病院すら行ってないんじゃないか？

「よかったな。ちゃんと謝ればそれで終わりだ」

ここで終わらせたらいけない。

事実が捻《ね》じ曲げられていいわけない。俺は声をあげる。

「まてや。変なところいっぱいあるだろ？　なぁ！　やってないんだよ！」

わかってくれる先生もいるはず。数学の畑中先生は、生徒指導室にかけ算をするオモチャを買ってきて、少し教えてくれた。野球部の顧問で担任でもある谷脇先生とは、いつも喧嘩してるけど、たまには話が通じる。

なに突っ立ってんだよ！　なんでわかってくれないんだよ！

「懲《こ》りずにまた言い訳か？　いつまでも子供でいられると思うんじゃない」

体育教師がペットを躾《しつ》けるかのように押さえ付けてくる。

絶対に殴ってない。警察にも行ってくれない。俺には払える金もないし、ママに連絡したら無理してでも払うだろう。何で！　何で！　なんでなんだ!!

「さぁ謝罪して、明日からしっかりやろう」

学校が事件にしたくないからじゃないか？

あぁ、わかったよ。クソなんだ。こいつらはゴミだ。カスで出来た結晶。世の中には本物のクズがいる。まともなフリして社会に溶け込んでる普通と言われている奴らだ。お前らスゲェよ。俺はお前らから見て異常な人間なんだろう？　なら俺は異常でいい。大人なんか信用しない。今日のことを、俺は永遠に忘れない。

「本当に申し訳ありませんでした」

先生達に押さえつけられながら膝《ひざ》をつき、鼻水と涙でぐしゃぐしゃになった顔を地面に擦《こす》り付けて、しっかりと土下座をした。

＊

部活がない日は他校との揉めごとに参加していたから、色んな場所で喧嘩して、色んな奴らと仲良くなった。

自分は喧嘩を売らず、相手に売られるか、仲間がやられた時に行くのが、俺のルール。そこに正義があるかを確認しないとただの悪者だ。

退屈な日々の中、常にヒーローになれるイベントを待っていた。

喧嘩に行く前は、『クローズ』や『ＷＯＲＳＴ』といった不良漫画を読んで強くなった気になってから向かう。

漫画を読みながら「コイツら高校生なのにめっちゃ喧嘩してて家、金持ちだよなー」と言ったら「どんな読み方してんだよ」と斉藤は笑った。

他校の奴らも学校にほとんど行ってなくて、気合いの入ったことをすればみんなが受け入れてくれる。

人が出来ないことをすることで、認められる。

友達がコンビニで傘を盗まれて、その辺に捨てられてるド派手な傘を拾って使ったら、窃《せっ》盗《とう》で補導された。

それが気に入らなくて交番を襲撃した時は、めちゃくちゃ盛り上がってヒーローになった。

他校の奴が警察の親をもつ奴をリンチして鑑別所や少年院に送られていたけど、リンチとかダサいし、なんかカッコよくない。

ロープで繋がれて連れて行かれる様は傑作だった。

やっぱ権力者をブッ倒さないとダメよ。


中3の夏に俺の所属する野球部が札幌市で優勝し、全道へと駒を進めた。

全ては、ピッチャー米山のおかげ。

一人で全試合投げて、打ちまくるし、マジうま過ぎる。

俺はレギュラーなんだけど、練習試合とか勝てそうな試合には出してもらえず、大事な試合の時だけレギュラー。

問題を起こす度《たび》に、顧問の谷脇が出場停止にするからだ。

「俺を試合に出せよ！」

「だめだ」

「負けちまうだろ！」

「お前のせいでチームが負けちゃうな」

「テメェが出さねぇからだろ！」

「いや、お前が人に迷惑かけたから試合に出られなくなって、さらにチームにも迷惑をかけているんだ」

「はぁ？　出せばいーだろ！　今すぐ早く！　審判！　代打石山！」

「勝手に告げるな！　グラウンドにも入れない!!」

「やだやだやだやだやだやだ!!」

試合中のベンチで何度喧嘩したことだろう。

キャプテンやチームメイトが石山を出してくださいと言ってくれて感動した。

まぁ俺が上手いからだけどね。

みんなに出してもらった試合中、挑発のためにグローブを持たずに「バッチコーイ」とショートで叫んでたら退場になり、申し訳なさからチームメイトと顔を合わせられなくて、キレてるフリして誤魔化した。

いつも揉めてる谷脇を喜ばすために、優勝した次の日に、茶髪に染めた少し長い髪を角刈りにして部活に参加してみたら、目に涙を溜めながら写真を撮らせてくれと言われたな。

そしてこれが、俺の野球人生最後の打席になるだろう。

俺は、ネクストバッターズサークルで目を瞑《つむ》り、思い出に浸《ひた》っている。

小学校1年から唯一野球だけは続けてきた。

確か最初は兄がパパとキャッチボールしていて羨ましかったからやりだしたっけ。

自分のバットを初めて手に入れた日は、バットと一緒に布団に入り、プロになると誓って眠りについた。

小5の終わりにキャプテンに任命されてすぐ、お世話になってたコーチが病気で死んでしまい、夜の素振りの途中で涙が出てきて、星にバットを掲げ、またもやプロになると誓った。

中学では遊んでたら手首の骨を折って、左バッターにスイッチし、治った頃には両打になっていた。

不良と呼ばれるようになっても、野球だけは側にいた。けど今日で最後。

俺は、高校に行けないから。

推薦がある？　学校もろくに行ってなくて、来たら問題ばかり起こす。そんなやつ、学校から推薦できねぇんだってさ。

特待生がある？　それでも交通費や雑費がかかるじゃねぇか。

寮がある？　俺がいなくて家計を誰が支えるんだよ。漫画じゃないんだからそんな上手くいかない。

そもそも、高校を卒業した後プロになれるような実力がないことくらいわかっている。

当然の報《むく》いだ。

もっと頑張ればよかった。もっと小さな頃から努力しておけばプロになれたんじゃないか？　もっと向き合っていれば。頭が良ければ高校も行けたかも。これが後悔か。

もしあの頃に戻れるなら、マジで頑張るんだけどなぁ。


色んなことが頭をよぎったけど、これが最後の打席と決めている。

「さぁこーーーーーい!!」

このかけ声も最後。ダサくても声だけは誰よりも出し続けた。

バットを2回転させてから構える。

バッティングフォームは、ほんのりと松井秀喜をイメージしている。昔から靴箱は55番しか使わなかった。

「ピッチャー疲れてるよ！」

「まだあるよ！　まだあるよ！」

「内野深いよ！」

「当たってる当たってる！」

「球よく見て」

「ピッチャー力んでるぞ！」

「ナイセンナイセン」

「タイミングあってるよ！」

「落ち着いてこー」

ベンチから聞こえてくる言い慣れた掛け声も聞けなくなる。

観客席には、チームメイトの親が何人かきていて、皆で楽しそうに観戦している。

誰かに何かを見てもらうこと、これもまた最後になるんだろうな。

マウンドでおおきく振りかぶって放たれたピッチャーの投げた球がよく見える。

茶色の土と青い空の境目から白い球が飛んで来て、それをバットの芯《しん》に乗せるように当てる。力はいらない。

「うわぁーーー！！！」

「ナイスバッティン‼」

「続け続け！」

9年間練習し続けたお手本通りの、センター前に弾き返すヒット。

試合前に無料で打たせてくれたバッティングセンターのおじちゃんに感謝。

ここでホームランを打てる人間だったらなぁ。

「ゲームセット！」

2対0、北海道ベスト16で人生最後の野球は終わった。弱いチームがこんなに戦えたとかもう奇跡。

「ここまで連れてきてくれて本当にありがとう」

先生達の挨拶も終わり、しんみりした空気の中、全員で芝生に座り込み、反省会が始まりだす。

「ごめん……」

ラストバッターがあやまる。

「誰のせいでもないよ」

キャプテンが泣く。

「いや俺のエラーのせいで2点入っちゃった。俺のせいだよ！　マジごめん……みんなマジでごめん……」

まぁたしかにお前のせいかもしれない、でももうどうでもいいだろ。このチームでの試合は永遠にないいんだから。

不必要な謎の反省会でベンチメンバーも泣いているが、涙なんか出ない。

そりゃそうよ、俺は、野球ができなくなり、毎日働き、お金のために生きていくと決まっているんだから。

こんな気持ちを話す必要はない。チームメイトとはチームメイトであるだけで、生きてる世界が違うんだ。

「米山は?」

一人で何試合も完投した米山の肘《ひじ》が壊れてないか心配になった。少し離れた場所で肘を冷やしていたので隣に座る。

「おぉ大丈夫か?」

「ちょっと痛いけどなんとか」

「痛くない時見たことねぇわ」

「たしかに」

鼻を啜《すす》る音の中、米山と俺だけ笑っていた。

「高校入るまでになおさないと」

もう先を見てる。俺は思う、コイツならプロになれるのかもしれないと。

でも俺は、この先ビッグになれんのか?

「行くってさ」

米山が立ち上がって道具を片付ける。

「はいよ」

辺りを見渡す。二度と来ることはないであろう最後の球場だと思うと、やっぱり寂しい。

「スゥーーーーーー」

野球に関する思い出を体に染み込ませるように、球場の空気を思い切り吸い込んでから、泥まみれのグローブを拾うと、千切れた芝生が付いてきた。それを払わずに一緒にバッグに詰める。手の平には、芝生の跡が残っていた。

*

同じ高校の受験に行くやつらとの待ち合わせ場所へ向かっている。

高校に行かずに働くと決めてるけど、ママが高校で野球をしてほしいと思っていると知ってるし、金がないせいで野球を諦《あきら》めて働こうとしてるなんて知ったらママが悲しむ。

なので、行こうとしたけど落ちてしまった、という事実が欲しい。

私立は金払えば合格すると聞いたから、公立高校一校だけにした。滑り止めのために私立も受けろと先生は言うけど、これ以上受験料も交通費も払ってたまるか。こちとら滑りたいんだよ。

髪を伸ばし、完璧な金髪に染めあげ、眉毛も剃《そ》って、他校の生徒に舐められないようにした。

朝、新聞配達中におばちゃんから心配されちゃったけど、笑って誤魔化した。

雪の日の配達はチャリが滑って危ないから、そっちの方の心配でもしてくれ。

道行く人にガンを飛ばしながら、溜まり場になってる先輩の家に到着。

「ロン」

「おい！　まじか！　誰か点数計算してー！」

「これ数え役満《やくまん》いくんじゃね？」

中に入るとルールもあやふやなのに麻雀《マージャン》中。

奥には、ここにいるほとんどの男達が初体験でお世話になった女が、ガスコンロから袋にガスを溜めている。

「くっせぇなぁ」

こいつらのことは嫌いじゃないけど、シンナーやガス、大麻や脱法ハーブとかは、正直好きじゃない。体に悪いってどっかで聞いたし、漫画に出てくるそーゆーのをやる人は、大体ザコだから。

「ガスパンしてっからライター気を付けろよ！」

でも言わない。ここにいるってことは、全員それしか楽しいことがないんだから。思い出を共有しないと居場所がなくなるから。

「石山先輩聞いてくださいよ」

女の後輩がすぐに隣に来た。

「昨日出会い系サイトで知り合ったおじさんに初体験三万で売ったんですけど、終わったらお金くれなくて、キレて叫んだら首絞められて逃げられたんです！　マジあり得なくないですか？　めっちゃ痛かったしチョー泣きました」

「なんで援交してんだよ」

「施設脱走したから金ないんですもん」

「ははは！　そいつ連絡つかねぇの？」

「もうアドレス変えられてました」

「警察は行けねぇもんなぁ」

約束も守らないゴミ野郎が。なんでそんなのが普通の人間面してのうのうと生きてんだよ。

ホント大人は、気持ち悪りぃ。

「次からは一人でいかねぇで俺ら呼べや、ゼッテェ助けるし金も多く取ってやるから」

「はい！　ありがとうございます！」

「おい、そろそろいこーぜ」

受験の為に高校へ向かった。

最寄駅で降りて、初めて目にする高校が遠くに見える。読んだことのある学園モノの漫画を思い出して、青春の甘い匂いが香ってる気がした。

恋に勉強、部活に学校行事。あるわけがない未来を少しだけ想像してしまい、イライラしてきた。

何人かが俺を見ているので、睨《にら》みをきかせる。

ここに受かれば、金のある人達は、楽しい毎日を送るんだろう。

多くの受験生が同じ駅で降り、同じようなスピードで歩く。

別々の中学の制服が大群となって、同じ目的地を目指す。

前日降った雪のせいだろう、駅から高校までの道は、やけに足取りを重くした。

「北区だったら大樹だとして、西区は亮平かなぁ？」

「まぁタイマンなら負けないだろ」

「そういえば東区の山口先輩、ネンショーから出てきたらしいぞ」

「ハクついたなぁ」

仲間達は、隣を歩く人に聞かせるようにどこの誰が強いとか、どこの誰が悪いとか話している。

人の話ばっかりしてるけど、お前ら自身は、どこにいるんだよ。

コンクリートが所々欠けた古めの校門を通り、学校内に入ると、俺と同じように髪を染めて目立っているのが数人いるのに気がついた。

負けてたまるかとワックスで固めた自分の前髪の毛束をねじねじして、ガニ股で肩を揺らして廊下の真ん中を歩く。

「おいあの人」

「北区の？」

「あんま見ない方がいいぞ」

「なまら金髪じゃん」

みんながこっちをチラチラと見る。

小さな声が聞こえているが、気づいていないフリをして、眉間にシワを寄せ、顔を作って見せた。

教室には、他校の女子もいるからカッコつけておかないとな。


「長所と短所を教えてください」

「優しいです！　怒りっぽいです！」

「将来どうなりたいですか？」

「なんかビッグになりたいです！」

「得意な科目は？」

「勉強大っ嫌いです！」

「なんでこの学校を選んだの？」

「姉が勝手にジャニーズに応募するノリです」

「ふざけてますね？」

「いえこの状況でふざけられるほど気が強くないです！」

「その髪でよくそんなこと言えるねぇ」

「地毛です！　絶対に黒にはしません！　なぜなら髪を染めてはいけないという校則があるからです！　黒に染めるのは校則違反になってしまいます！　僕は真面目です！」

「もう大丈夫です。ご退室を」


絶対に落とされる面接を完璧に終わらせ、他の奴らなんか待っていられないから、先に高校を出て、駅に向かう。

同い年にしては老《ふ》け過ぎな男が前から歩いてくるので、進路を変えずに男を睨んで道を避《よ》けさせる。

二度と来ることもない学校を出て、除雪機で綺麗になった歩道を駅に向かって進んでいると、真ん中にだらしない格好をした6人組がたむろしていた。

受験生がそいつらを避けて遠回りしているのが気にいらない。ど真ん中を通ってやるか。

「あ？　なんだこのキモロンゲ」

「気合い入ってますってか？」

「なんでわざわざこっち来るんだよ！　ウケる」

「やんのかオイ」

不良共が声をかけてくる。

俺は今、猛烈《もうれつ》にイラついている。

「人数多いからイキってんの？　邪魔なんだよ！　人に迷惑かけてんじゃねぇ!!」

声を荒げてビビらせる。さて、説教してやんないとな。

「なんだお前」

「コイツやっちまうか」

「ウゼェー」

仲間内で顔を見合わせて会話。

こんなに人数いるのにこいつらビビってやがる。

通行人達は、誰も止めようとせず、目も合わさず通り過ぎて行く。

「なぁ、むれてないと殺し合いできねぇのにイキッてんじゃねぇよ」

1対6でもビビってる素人なら大丈夫。もう一斉にかかってくることはない。

好戦的なデカい奴と、声出してる口だけの偉そうなリーダー格を仕留めればもう勝ち。

いきなりカバンを顔に投げて怯《ひる》ませて、髪摑んで鼻に頭突きで1人。そいつをぶん投げて他の奴らにぶつけて心配してる隙にリーダーをボコしたら終わりだ。

「さぁかかってこいよ」

「受験の後だよ？　やめようよ」

すでに弱気になっているやつがいる。

「は？　やめねぇよ殺すぞ！」

逃がすつもりはない。

「こいつボクシングやってるからお前が殺されるぞ？」

教えてくれてありがとう。より余裕じゃん。距離詰めたらパンチってそんな痛くないし、摑んで振り回してやったらボクシングできないぞ。

「ビビってんのかな？　いいからこいや！」

「みんな先行ってて。俺一人でやってやるよ」

ボクシング男がカッコつける。

1人ならもう楽勝じゃん。

他の5人が不安そうに離れていく。

「早くそいつボコって戻ってこいよ！」

少し離れたのを確認したらすぐにカバンを投げつけ、その隙に雪を握った。

距離を詰めて、雪を顔にぶつけて手で防御させたら胸ぐらを掴み、頭突きかまして足をかけて転ばせる。慣れてないからうつ伏せにまるまってしまうのを知ってる。後ろから顔面殴ったり横っ腹に膝入れたりを繰り返す。

「おい、どーしたオラァ！」

本当は、首に腕回したらそのまま落とせるけど、他の奴らに見せつけるために顔面をグシャグシャにするんだ。

「参りました、すいませんでした、勘弁してください」

はや！　でもこれが聞こえたらもうやめてあげなきゃいけない。

悪者にはなりたくない。

「とりあえず土下座《どげざ》しろ」

「はい？」

「二度と道を塞いだりしませんって土下座しろ」

「いや……みんな見てるんで許してください」

遠くでコイツの仲間達や受験終わりの人達が興味津々で見ている。誰も助けに来ない。

「だからやるんだろ！　反省しろ！　壊れるまで殴られたいの？」

すぐに膝をついて顔を雪につけた。

「二度と道を塞《ふさ》いだりしません」

「おっけー！　他のやつらにもしっかり伝えとけよ！　じゃーねぇー」

またいいことをした。調子に乗ってる奴を更生させた。いいことだろ。いいことだよな。

そいつの視線を背中に感じながら、駅に向かおうとすると、他校の友達グループが声をかけてきた。

「騒がしいけどまた喧嘩した？　懲《こ》りないなー」

「ボコしたわ」

「手に血を付けて歩くなって」

「あぁやべ職質されちまう」

拳を雪で拭《ぬぐ》うと痛みがはしり、自分の拳から血が出ているとわかった。赤く染まった雪の塊を電信柱にぶつけ、キレイな雪で拳をふきとった。

「この前、祭りでの越野先輩との喧嘩もヤバかったな」

「あのヤロー高校生のくせに時計拳に巻いて殴ってきて、俺も血塗れよ。そのあと気絶させてやったらその時計誰かに盗まれてやがんの！　祭りのアナウンスでゴツい時計の探し物！　ざまぁねぇな！　はははは」

「ほんとお前はすごいな！」

すごい？　すごいのか？

「はは……じゃ俺行くわ」

「おぉまたな」

すごいってほんとに思ってんのか？

周りの視線が気になる。

それで飯が食えるわけじゃないなんてわかってるよ、うるせぇな。拳がズキズキする。

俺は強ぇ！　ってなれないのがなんか虚しい。

喧嘩が強かろうが気合い入ってようが、なんの意味もない。むしろこれから就職したら、我慢しなきゃいけないことばかりなんだろうな。だって新聞配達がそうだから。

なんで俺だけ……とイライラして、また人を殴る理由を探す。

それが正義だと言い聞かせて誰かを傷つけている。もう気づいているのに。

なんか俺、ダサくねぇか？

冷静になり、周りを見渡すと、誰もいなかった。一人取り残されたんじゃないかと不安になる。

制服についた雪が溶け出し、濡れて寒い。

さっき土下座をさせたボクサーが付けていたのであろう香水の匂いが、制服にこびりついて香っていて、虚《むな》しさを膨らませた。

3

白いハイエースが家に迎えに来るよりも早く、外に出て待っている。

先輩達を少しでも待たせないためだ。

ハイエースが近付いてくると、嫌な緊張で体が強張った。

後部座席のスライドドアが開き車に乗り込むと、先輩が全席を使って寝転がっている。

焦げたみたいに真っ黒に日焼けした白髪の男が、首だけを動かして顎《あご》で後ろに行けと合図をした。

俺の席は荷物置き場。

工具に囲まれながら、座っていいのかもわからず立ったまま天井に掌《てのひら》を当て、腕の力で体を支えて現場を目指す。

途中、先輩が食べたホットスナックや野菜ジュースのゴミをノールックで荷物置き場にシュートし、俺にミートさせてくる。コイツに球技の才能はなさそうだなと思う余裕があるのは、毎朝の日課でもう慣れているから。俺は、パスを出されたボール達を集めてコンビニのゴミ箱にしっかりゴールを決める役。

就職した力仕事の会社で、イジメられている。

それがイジメだと認識したのは1ヶ月たったくらい。「社会は厳しいんだぞー」とママから言われていたから、自分なりにこれが社会なのかと納得していた。自分で決めた道だからキツイとかダサくて誰にも言えない。

仲間の前では、中卒で働いてんのカッケェだろ？　お前らに出来るか？　というスタンスでいるから、就職先で悩んでるなんて絶対知られたくない。

新聞配達も辞めるのは申し訳なくてまだ続けてるし、夜の定時制も辞められていない。

高校に予定通り落ちた時、思ったよりママが落ち込んだから、学校に行ってる事実を作るために、定時制高校に新聞配達の金を使って入った。

ブォンブォンブォーーーン
アクセルを深く何度も踏んでいる。荒い運転だ。

助手席の少し若い先輩は、足を上げてフロントガラスに押し当てるように座り、足の熱気で窓を曇らせている。

マイルドセブンを吸い、開けている窓の縁《ふち》にタバコでトントンとリズムをとって器用に外を灰皿にしている。この先輩はわりと優しいけど、10時の一服休憩《きゅうけい》の時に別会社のおじさん達の前で「にしおかすみこ」のものまねをさせてくる所が苦手。

つか、にしおかすみこって誰だ。

「はいかしこまりましたー！　いや！　本当に！　間違いなく把握《はあく》しましたんで！」

運転しながら電話をしている小太り肌艶《はだつや》が社長。

中学の終わりに面接して、16歳の誕生日からすぐに働かせてくれた。

最初は優しく教えてくれたけど、今は暴力暴言を毎日浴びせられる。

話しかけられる度に、怒られない返答を考えるから言葉に詰まり、そのせいでまた怒られる。

信号で止まり、ふと窓の外を見ると、同い年くらいの野球部の高校生達が自転車で学校に向かっている。その後ろから他の高校のカップルが2人乗りでのろのろと走る。

俺にも、この日常があったのかなぁ。

裕福な家庭に生まれていたら、頭が良くて天才だったら……。

世界ではご飯も食べられない子供たちがいるんだから、俺が最低な人生ではないのに何悲観的になってんだよ。

でも比べられる対象がいない方が楽じゃね？　ん？　お前ら何楽しそうに笑ってんだよ。

お前は、何一丁前に怠《だる》そうに自転車漕いでんだよ。

なんで今俺だけ力仕事へ向かってんだ？　教えてくれよ。なんでこのカスどもの暴力に耐えなきゃいけねぇんだよ。

通り過ぎてく高校生を見てイライラしてると、窓ガラスに映った自分が、泣いていた。

途端に目の辺りが熱くなり、先輩にバレないようにホットスナックのゴミの中にあった使用済みティッシュを使って涙を拭いた。

信号が青に変わり、ハイエースは現実を抜き去り現場へむかった。


到着するや否やすぐに工具をおろす。

長くて重い鉄筋の束を肩で担いで運ぶ練習が必要だからと、休みなくひたすら運び続ける。異常な量を長時間運ぶので、腰は壊れるし、時々鉄筋と鉄筋で肩の肉を挟んで血が流れた。

仕事の主な内容は、細長い鉄筋を針金みたいなもので縛《しば》り、十字に繋ぎ合わせて壁や床、天井の骨組みを作る作業。しかし俺は、ひたすらに鉄筋を運ばされる。

これで日当6500円は安くないか？

「一服するぞぉ」

誰かがそう言うと、10時の一服だ。おじさん達がコーヒー缶を灰皿にして、ギャンブルや女性、幸せではなさそうな自分の家庭の話をして30分程休む。

しゃかりきに働くとすぐに12時の飯休みになり、ハイエースの中で食べようと弁当を持って行く途中、別業種の60代くらいのおじさん2人がいた。

「おい今日もコーヒーだけか。死んじまうんじゃねぇか？」

〝スーパーカップ特盛ガッシリ3Dめん〟と書かれたカップラーメンに、梅のおにぎりを合わせ食いしているおじさんが心配そうに問いかける。

「金返せてねぇしなぁ」

髪にも髭《ひげ》にも白髪が混じり、メガネのレンズが汚れ切って、耳にかける部分が折れ、それを絆創膏《ばんそうこう》で二重に巻いて応急処置したものをかけたおじさんが苦笑いで答える。

「シケモクさがしてくるわ」

「あーい」

白髪絆創膏おじさんは、ヨロヨロとその辺に落ちている吸《す》い殻《がら》の長さを確かめる収集作業に突入した。

この2人はさっきの仕事中、自分等《ら》よりも遥かに若い男に雑に扱われていた。

「使えねぇな」

「あーごめんね」

「そこ邪魔だって!」

「あぁ」

「何回言わせんだよ」

「ごめんね」

「給料泥棒ジジィ」

「へへへ」

「なぁ、あいつ風呂入ってる？　くせぇよ」

「……」

「何もできねぇならゴミ拾っとけ」

「……」

「もう明日こなくていーよー」

「へへ」

こんな会話が目の前で行われているのを見た時は、気持ち悪くなって、殴りたい衝動を必死で抑えた。

ジジ程の年齢の大人が、こんなに酷《ひど》い扱いを受ける世界があって、周りが当たり前のように許していることにムカついた。

なぜ言い返さないのか、何が原因でこの人の人生は、こんなことを言われなきゃいけなくなったんだろう。

イケイケの時もあったのだろうか、家族はいるのだろうか、生まれた時から貧しかったのか、夢はあったのか、自らこの道を選んだのか。

吸い殻を拾っているおじさんと自分の未来が重なり始め、落ち着かなくなった。

「よかったらこれで飯食って下さい」

居てもたってもいられなくなり500円玉を差し出したが、16歳の金髪のガキに同情されたら嫌な気分になってしまうかもしれない。

「いいのか？　ありがとうなぁ」

その思いとは裏腹に、汚れたレンズ越しの目を潤《うる》ませてお礼を言われた。

人間としては50年くらい先輩だけど、この現場では、俺の方が上の立場だからか？

その設定があるから、あんな若造に文句言われてもペコペコしてんのか？

「そいつ全部馬に使うから意味ねぇよ」

ガッシリ3Dめんおじさんが呆れたように言った。

「いやこれはタバコ代にするべや」

「結局かい。タバコやめたらいいじゃねぇか」

「死んだ時は棺桶《かんおけ》にタバコだけ入れてくれや」

「オメェの葬儀なんか用意ねぇよ」

「ひぇっひぇっひぇっ」

聞かなかったことにしてそこから離れた。

振り返ると白髪絆創膏おじさんがふざけながら敬礼して、すごい角度で深々と頭を下げていた。

誰とも話したくないから、いつも休憩所から離れて飯を食うようにしている。狂ったような晴天。太陽に焼かれないようハイエースの中で食べようと、エンジンをかけると勝手に昼のラジオが流れる。

「ゆーちゅーぶをひっくり返したらラジオっしょ?」

ママが作ってくれた弁当を開け、しょっぱさがエグいアスパラベーコンを口に入れ、比率を無視して米を搔《か》き込み、眩《まぶ》しい空を見る。幸せだ。

口に広がる旨味。幸福感に包まれているはずなのに俺はまた泣いていた。

俺は、今日あった嫌なこと、楽しかったこと、自分の身に起きたこと、何一つ誰かと共有することが出来ない。分かり合える人が側にいない。

仲間達は悪さばかり繰り返して、話が合わない。それしか楽しいことがないんだと思うと、やめさせることもできなくて思考を止める。

唯一話せる斉藤は、親が無理してくれたみたいで、私立の高校に行った。

親に迷惑かけられないと、退学しないように日々頑張っている。

学校の誰かと、その日起きる出来事を共有しているんだろうか。

ぶあつい雲が太陽にかかって辺りが少し暗くなった。ふと、昨日のことを思い出す。ママと金のことでまた揉めた。

粘土を口に入れてしばらく嚙み続けたような気持ち悪さが残っている。

「どう考えても生活出来ないから、生活保護を受けてくれ」

拒否されないように、ママを睨みつけて言った。

「むり」

「なんでだよ。まじキツいって」

「あれは本当に働けない人たちが必要なやつなの」

「うちヤベェだろ！　俺がいなかったら終わりじゃねぇか！」

ママはこっちを見ることもせず、仕事の準備をしている。

「そしたらママが朝から晩まで働くよ」

「バカじゃねぇの。パパの借金何千万あると思ってんだよ」

「バカでいいよ。人騙すより騙されて生きてた方が素敵じゃん」

「バカじゃ生きられねぇよ！　周りが苦労すんだよ！　テメェも身体キツいんだろ⁉　いつガン再発して死ぬかわかんねぇんだからすぐ保険かけろ！　生きてる俺らに迷惑かけんなよ？　ふざけんなよ！」

「わかった。探しておくね」

「その保険に入る金も俺のだろ！　生活保護うけれや‼」

「やだ」

「もういい、勝手に死ねよ」

俺は、自分が働きたくないから、家族を傷付けた。

貧乏じゃなければ、金さえあれば、誰も傷付けずに生きていけるのに。

朝起きると、いつも通り弁当が作ってあり、それにまた苛立《いらだ》った。

ハイエースの中、その弁当を食べながら苛立ってしまう自分の育った過程を哀《あわ》れんで、わざと大袈裟《おおげさ》に泣いた。

泣き虫な俺は、泣いても泣いても一人。

この空の下たった一人だった。

同じ歳の人たちが夢を膨らませて日々過ごしている悔しさ、生まれ落ちた場所を言い訳にしている自分への恥ずかしさ、早起きして作ってくれたママの弁当の前で泣いている不甲斐《ふがい》なさ、あのおじさんが食べられない弁当を前にして悩んでいる傲慢《ごうまん》さ、この世界から疎外《そがい》されている切なさ、どこにも属していないし、何にも溶け込めていない。

俺がこの世から消えたって、この広くて眩しい空は上映され続ける。

そして皆、いい天気だねって観覧する。

孤独感に押し潰されて、どう膨らませばいいかわからない。

ラジオから流れ続けていた明るい声で、間もなく昼休みが終わることに気づき、気持ちを切り替えて、仕事に戻った。

「つまりぃ、一人一人居場所探しながら生きてるのは皆一緒で、同じように居場所ないって悩みを持ってる人が大勢いるじゃん？　じゃあそっちがマジョリティだべ！　居場所ある方がめずいのよ」

「俺は常にクラスの中心だったからよくわかんねぇなぁー」

「イェーイメッチャマイノリティーーーー！」

「ウキウキな夏！　ウキウキな夏ぅー！」

「自分が嫌だと思う場所からは、すぐに抜け出せ！　そこでは求められてないから。求められる場所ぜってぇあるから」

「あちぃーアヒージョくらいあちぃじゃん」

「目の前に乗り越えられない壁が立ち塞がったら、乗り越えなくていい、壊さなくていい、壁沿いゆっくり歩いて行けば、どっかでその壁終わるべ？　むこう側いけんのよ」

「あれ？　今日、名言放ちに来てる？」

「幸せは探しに行くのではなく、そばにあることに気づく作業」

「ごっめん。弾《たま》切《ぎ》れまだ？」

「はい！　明日めっちゃハッピー！　昼下がりにバイブスいと上がりけりぃー！」

「テンションどした⁉　思春期並みに情緒アンバランスゥー！」

「もう好きじゃないかもしれない」

最後のメールを送信した。

「別に付き合ってないから何も言えないけど、今それ言う？」

未来からのメールを無視して携帯を閉じ、充電器に貼ってある二人のプリクラを剝《は》がし、指に跡が残るくらい強く、小さく、丸めて捨てた。

*

中学の時に少女漫画に憧れて彼女を作ったけど、漫画みたいなデートも出来ないし、話も全然合わない。現実はそんなに綺麗にならなくて、うまく行かなかった。

俺に合うのは不良のギャルだと思って、他校のレディースの子とも付き合ったけど、酒をガブ飲みして男の先輩の家に泊まり込んでるし、人に迷惑かけることを生き甲斐としていて、気に入らない女を睨んで「あいつガンつけてくんだけど、ボコしてぇ」などと凄《すご》む。少女漫画には出てこないレアキャラ過ぎてすぐに別れた。

そんな中、２日程通った定時制で出会ったのが未来だった。

売れていないビジュアル系バンドを追いかける真面目な女の子で、緑の髪に金髪が混じり、耳には拡張したドデカピアスを付け、鼻や口にもピアスの穴が空いていて、笑う時に口を閉じて歯を見せないようにしてるから、上手く笑えていない子。

未来は、母と2人暮らしの母子家庭で、貧しく、派手な見た目なのに友達もそんなにいない。

不思議と惹《ひ》かれて、連絡を取るような仲になっていた。

すすきのの中心、1階がラーメン屋になっていて、窓を開けると油っぽい匂いが上がってくる古いマンションに未来はいた。

元気づけるために、でもそれに勘づかれないように、いつもよりほんの少しテンションを上げて話す。

「ここ、国の人が用意してくれたの」

「へー割といい感じじゃん！」

「飲み物も何もなくてごめんね」

「コップもねぇから水道水直飲みだな」

未来は無理して笑顔を作っている。

「いつまでこの家なの？」

「わかんない」

「そうか、でなんで急に？」

「昨日警察の人が来てさ、身元確認行ってきた」

1ヶ月程前に、未来のお母さんが行方不明になり、身内が1人もいない未来は、とりあえず国の人の指示に従って待機していた。

「遺体確認してきたらお母さんだったわ。自殺」

「……うん」

未来のお母さんが残した置き手紙には「頑張ってね」とだけ書いてあり、大体想像がついていた。

俺は、何を言ってあげたらいいいんだろう。

未来は何を言って欲しいいんだろう。

「どうしようかな、全部なくなっちゃった」

「全部ではないいしょ」

「全部だよ。天涯孤独《てんがいこどく》ってやつね。親族も誰もいないし、話せる人も石山君しかいない」

「俺だけ？」

目線を外し、生活感のない台所に1つだけおいてあるコップを見つめた。

「友達に深い話とか出来ないし」

「絶対した方がいいべ」

「話は、聞いてる方がいい。自分の話したら変な空気になって終わりだから、昔それでいじめられたし」

「へぇ」

「ズルいと思わない？」

「なにが？」

「死ぬのズルくない？　お母さん、辛いとか言ってなかったし、ウチも一緒に死にたかった」

そんなこと言うなよ、とは言えない。

そうだよね、とも言えない。

なんで未来のお母さんが、死を選んだのかはわからない。娘に何も言わなかったのは、優しさだったんだろうか。

「……生きてりゃいいことあるって」

ない。ただ生きてるだけなら、いいことなんか別にないと俺も知っているのに、どこかで聞いたその言葉を投げかけるのが俺の精一杯《せいいっぱい》。

「もうどうでもいい。生きたくもないのに働かなきゃいけないし、頑張ってねじゃないよ。無責任でしょ。意味わかんないんだけど！」

突然強い口調になり、涙を流して何かに訴えている未来。

「一旦落ち着こう」

自分に言い聞かせるように声をかけ、未来の肩に手を回し、体を寄せた。

涙を啜《すす》る音、外を走る車の排気音、時計の針の音が流れる部屋。俺が微《かす》かに動く音が大きくきこえるから、なるべくジッとしていた。

こんな時に、カーテンが付いていない窓から差し込む夕日の影が動いていると考える自分に嫌気がさす。

無言の時間が続く部屋で、今まで見てきた仲間達の人生を考える。

施設で育った友達は、最初から親がいなかったから、こんなに辛い思いはしていないのかな？

家庭内暴力が原因で親と離れている友達もいたけど、親を嫌いだから嬉しいのかな？

俺はどうだ？

ママもいる、パパもいつでも会いに行ける、兄、姉、妹、いとこも沢山いる、暇があれば遊べる友達もある程度いるし、働けば金も手に入って好きなことに使える。

俺には実は繋がりが沢山あって、何かあれば誰かが助けてくれるだろう。

振り返ってみると、自分が恵まれすぎていると痛感する。

ここ最近、同世代で活躍している人がテレビに映ると、見ないようにしていた。

なんとか王子とかクソ。生まれた環境が良くて、親が金持ちで、何の苦労も知らないで成功して、祭り上げられてふざけんじゃねぇよ。努力？　才能？　誰が教えてくれた？　その道具はどうした？　現実を知らねえで楽しんでんじゃねぇ。こんな奴らが楽しく生きてる世界が気持ち悪い。と日々イラついてどうしようもなかったのに、突如、俺も恵まれた環境で生きてきたんだと突き付けられている。

未来から見える俺は、恵まれていてムカつくんだろうか。誰かから見た俺は自由に楽しく、何のストレスもなく生きているように見えるのだろうか。

「言い訳ばかりするな」。何度も聞いた言葉。

その度に何も持たない可哀想な自分を哀れんだ。普通の家庭に生まれていれば、言われなかった筈《はず》の言葉。

いや、言い訳してたんじゃないか？　全部やりたくないことから逃げる為の言い訳だっただろ？　生まれの所為《せい》にしてたんだろ。じゃないと自分を保てなかったかのように。可哀想な僕を演じていた？

肩を揺らし、隣で咽《むせ》び泣く天涯孤独になった自分の好きな人を見ていると、心臓の鼓動が速くなり、首の辺りの僅《わず》かな震えが止まらない。

本当に可哀想なのはこの人だ。

何の言い訳も出来ずに泣いている。

俺はこの人の不幸を背負えるか？

楽しく笑わせてあげられるか？

幸せな世界に導けるか？

怖い。隣にいるのが怖い。期待されるのが怖い。

この人は働いているからなんとか生活していけるだろう。国の援助もあるみたいだし、俺が助けなくても問題ないんじゃないか。

救うことなんか無理。嫌だ。辛い。キツい。

こんな時でも、頭の片隅では、俺が金持ちの家に生まれていたら助けられていたのにと、自分を正当化する為の言い訳をしていた。

「ねぇ、好き」

沈黙を破り、この人は首に腕を絡めてくる。

「俺も」

自分の本心が不確かだけど、今はそう伝えるのが最善だと思い、求められるがままにキスをした。

次の日の朝、気持ちを悟られないよう、必要以上に優しくして家を出る。

昨夜、この人を、誰か救ってあげてくださいと願いを込めて抱きしめた。

直接言える勇気はない。メールで送ろう。でもそのせいで死んでしまったら、俺は人殺しか？

憂鬱を抱えてスクーターに跨《また》がり、家に帰る途中、交差点の信号が赤なのが目に入り、スピードを緩《ゆる》めずに直進してみる。

何も考えたくない。ここで死んだらどうなるかな。

そう思いアクセルを全開にするが、あえて車通りの少ないところに挑《いど》んだから全く車は来ない。

俺は死にたくないわけではないけど、生きることから逃げられないんだ。

スクーターのアクセルを限界まで回して走る。

道路交通法？　しらねぇよ。

法律なんかより自分ルールが大切で、大切なことの為なら法律なんか関係ない。

でも今から俺がするのは、法に裁《さば》かれない悪。未来が死んでも、俺は何の罪にも問われないんだ。

枯れた落ち葉が風で舞い、視界を遮り、前進を阻《はば》んでいた。

＊

実家のマンションの自転車置き場で、少し前まで乗り回していた俺のスクーターの上に雪が積もっていた。地面だけはあったかくなっていて、コンクリートが剥《む》き出しだ。

雪とコンクリートの段差を1段上り、歩道に出ると、太陽は出ているのに冷たい風が肌に刺さる。

3日前にまたバイトを飛んでしまった。

嫌になったら、連絡もせずに行かなくなる。

野球少年団のコーチの繋がりでパン屋さんを紹介して貰ったのに、即飽きて行くのをやめた。

主婦のみんなは優しくて働きやすいけど、ベルトコンベアから流れるパンに豆をねじ込む作業を延々とするだけだし、朝早すぎる。

結局、迷惑かけてばっかじゃんか。

何度目かもわからない反省をする。

あぁいい天気だ。


最初に就職した力仕事は、いつものごとく怒られている最中に怒りが暴発して、工具も荷物もその場に捨てて走り去り、二度と行くことはなかった。

社会に出ても学校の時と変わらない自分に少し落ち込んだけど、毎日のシゴキからの解放感により、脳汁がガラナのようにシュワシュワと弾ける。

その流れで、新聞配達も飛び、学校はもともと行っていないから、金も払わず自然消滅。色んなバイトに手を出したけど、同僚はしょうもない人達ばかりだし、どれも続かなかった。

なんの策もなくなり、気持ちは楽になったけど、やはり生活するには金が必要になり、友達の紹介でテレアポってやつをやることになった。

「失礼しまーす。本日面接予定の石山です」

1階がカラオケ屋の雑居ビルの5階に入っている会社に到着すると、パソコンだけが置かれ、書類が散らばった無機質な個室に案内された。

そして、何度もしたことのあるやりとりをなぞるような面接を受ける。

「まずは一応履歴書《りれきしょ》を」

「はい」

だらしない私服で、さらに若い男が対応をするってことは、だらしない会社なんだろう。

髪の色がド派手でも確実に受かるとわかった。

「テレアポの経験ありますか？」

「いや、初めてです」

「あ、一から教えていくので、全然大丈夫ですよ」

「研修中、給料下がったりします？」

「それもないので安心して下さい。じゃ早速《さっそく》やっていきましょうか」

「お願いしまーす」

「こちらへどうぞ」

なんの電話対応をするのか、てかテレアポってどんな業務内容？と疑問を問いかける暇もなく仕事場に案内される。

だだっ広い部屋に30台程ズラリと並んだ電話の前に座る、色とりどりの人間達。

「もしもしー？　先日はありがとうございました」

ヴィトンのカバンを膝に載せて、金髪ロングヘア。昼に活動しているのが不思議な見た目の女の人が、丁寧《ていねい》な口調で対応している。

「北海道産の美味しいカニをぜひ食べていただきたいなと」

真っ赤な髪。重力に逆らってキープしている天井に刺さりそうな髪型の鶏と人のキメラ男も、その外見に合わない声を出す。

「あ、後藤さんのお宅ですか？」

と尋ねながらも次にかける番号を探している、鼻の下だけ綺麗に揃えている髭野郎。

「クソが！　なんで切るんだよ！」

電話に怒る冬なのに半袖刺青見せチンピラ。

「前回ネットで注文いただいた番号から連絡してます」

怪しい言葉を吐く、太っちょホスト。

「休憩行く？」

「つか帰る？」

ギャルとギャル。

明らかにまともな職種では働けなそうな同士達が、分厚いタウンページを捲《めく》りながら気怠《けだる》そうに電話をして、隣の席の人とお喋りしている。

ガチャ、ガチャリと受話器が忙《せわ》しなく音を立てていた。

一通りのレクチャーを受け終わってわかったのは、設定はなんでもいいから、ノリで電話かけて、とにかくカニを売る仕事だということ。

「では、早速電話してみよっか」

「え？　どこに？」

「このタウンページから適当な番号に電話をかけて、３万円くらいでカニを売って下さい」

「３万くらい？」

値段も雑だな。

「相手の住所と名前と電話番号を聞いたら、カニの値段を言って、値段は、上げたり下げたりしていいです。買うって言ったらこっちに回して下さい。手続きはこっちでやるから」

「へーまぁよくわかんねぇけど買ってもらえば何でもいいんだ」

「はい。歩合《ぶあい》制でボーナスもあるから頑張ってね」

なんだこの仕事、と思いながら、周りの人の真似をして電話をする。地域とかもあるらしいが、わかんねぇから、とりあえず目についたところに片っ端からかけよう。

目の前にあるタウンページを真ん中からひらいて、一番左上にあった番号を押す。

プルルルル
ガチャッ
「はい、もしもしどちら様ですか？」

「北海道の海産物屋です」

「あら？　お父さんの取引先かしら」

「そうなんですかね？　ちょっと俺もわからないんですけど……」

「お父さんいないいからまた折り返します」

「あ、はい」

よくわからない。なんだこれ。

何度もかけろと言われたし、別の家の番号を押す。

「もしもし、カニいかがですか？」

「どちら様？　突然なんでしょうか？」

「北海道産のカニを食べてもらいたいなと思いましてお電話しました」

「なんで番号知ってるのよ」

「タウンページでかけました」

ガチャ
切られないように言葉を選び、何度も何度もかけ続けた。

「カニ？　なにそれ」

「3万なんですけど、美味しいですよ」

「へーおじいちゃんのお祝いに貰おうかな」

「え！　買うんですか⁉」

「うん」

「あ、じゃ担当の人につなぎますので」

売れた。よくわからないカニをよくわからない人が買ってくれた。

「すいませーん。カニってどこにあるんですか？」

隣の席の人に聞いてみる。

「俺もまだ見たことないんですよ」

「え？　何この会社、詐欺《さぎ》？」

「わかんないけど」

「わかんないままやってんのまずくね？」

「まぁ給料いいし」

たしかに時給も高くて、歩合制でさらにもらえる。その上楽だと聞いたから俺も選んだ。

「タウンページで知らない家にいきなり電話して、あるかわからないカニを売りつけるのなんかやべぇべ」

「俺に言われても困るわ。じゃ辞めたら？」

「そうするわ」

「え？」

詐欺に加担しちまった。

これ仲間達が最近チンピラおじさん達とやり始めた、オレオレ詐欺と一緒のやつじゃねぇか？

「すいませーん。俺辞めますわ」

面接してくれた人に向かって大きな声で言うと、みんなが俺に注目した。

「はぁ？」

「ここ詐欺でしょ？　俺、人騙すの無理なのよ」

電話をかけていた奴らが隣の人同士でコソコソと話しだしている。

「詐欺なわけないでしょう。しっかりとカニを送ってます」

「知らないところに電話して見たこともねぇカニ売りつけるの怪しすぎるしょ！　人騙すの大っ嫌いなんで！　辞めまぁーす！」

「はぁ……別に辞めてもいいですけど」

「今日の分の給料くれよ」

この言葉が癇《かん》に障《さわ》ったらしく、男は眉間にシワを寄せる。

「あのさ、仕事舐めてんの？」

「舐めてんのはお前だろ？　もうお前の下の人間じゃねぇぞ？　調子乗ってんじゃねぇよイラつくなぁ」

「……今日の支払いの手続きは」

「もういらねぇっすわ！　気分悪りぃな！」

啖呵《たんか》を切って雑居ビルを後にした。

あんな仕事、許されんのかよ。年寄り騙して金奪って、それ給料にしてさ。

「おい、お前気合い入ってんな」

ビルを出てすぐに背後から突然声をかけられた。

「はぁ？」

振り返ると、指にでかい指輪をつけたロン毛のキモいおじさんが、ニヤつきながらタバコを咥《くわ》えている。

「俺さっきの場所で働いてたのよ。帰ろうとしたらお前が揉めてるの見つけてさ」

なんだこいつ。

ダルいから関わらないように、家へと歩みを進める。

「1本吸う？」

「いや、俺タバコ吸わないんで」

「まじ？　勿体《もったい》ねぇ。吸ったこともねぇの？」

「はい」

なんでついてくるんだよ。目の前からさっさと消えろ。

「いくつ？」

「16です」

「まじかよ！　俺19！　3個下か！　俺がお前くらいの時はもう吸いまくりだったけどなぁ。バイクは？　俺めっちゃ改造してるのあっちにあるけど乗ってみるか？」

興味ないんだよカス。そのバイクぐしゃぐしゃにしちまうぞ。

「大丈夫です」

「なんだよ全然気合入ってねぇじゃん」

だめだこいつ。殺すか。

「喧嘩しよっか？」

「え？」

「こいよ」

「え？　何だよいきなり！　ちょっとまてよ。やりてぇならやるけどその前にションベンしてぇわ」

「きしょ。なんでションベンしたいんだよ。逃げてんじゃねぇよ。そこでしろ」

「いやトイレでさせてくれよ」

逃がさない。教えてやる。もう二度と人に突然絡まないように、誰にも嫌な思いをさせないように、俺がこいつを変えてやる。

「おい、俺、お前みたいなやつ一番嫌いなんだよ。自分を少しでも強く見せようと必死で、常に誰かに嫌な思いをさせる。年齢とか関係ねぇぞ？　しつこく話しかけてきやがって、腹括《くく》れ！」

「は？　ちょーしのってんじゃねぇよガキが！」

やる気になってやがる。図星だろ。

「わかった。俺から行くね」

ボクシングをやってる仲間に教えてもらったジャブを顔に当てて目を眩《くら》ませてから、いつも通り髪を掴んで何発か膝を入れる。腕を挟んでガードしてくるから、髪を掴んだまま振り回すと、雪の上に転がった。

それだけじゃあ終わらせない。今日はイラついてるから。

カニを買わされてるおじいちゃん、おばあちゃんの分も殴る。

上に乗って殴る殴る殴る殴る殴る殴る殺す殺す殺す殺す殺す殺す殺す殺す。

「やめなさい！」

知らない奴が止めに入って来たから、そいつも殴る。俺はこいつのためを思ってやってるんだよ？　なんで止めるんだよ。なんなんだよ！　こいつが悪いんだよ！！！

「きゃーーーーー！」

「誰か警察!!」

あれ？

「救急車呼んでください!!」

周りに沢山人がいる。

下を見ると雪が真っ赤に染まっていて、１人は顔を押さえてうずくまり、もう１人はピクリとも動かず、仰向けでコプコプと口から血を流し、顔面が血だらけになっていた。

「離れてください!!」

誰かが叫ぶ声。

俺に集まっている視線が恐怖を纏《まと》っている。

そんなつもりじゃ……やり過ぎた。ヤバイ。ここにいちゃまずい。

俺は、振り返らずに走った。

ニット帽で金髪は見えていないと判断して、フードを被って顔を隠して走る。

どこに行けばいいのかパニックになって、とりあえず斉藤の家に着いた。

「おい！　助けてくれ！」

チャイムも鳴らさず叫ぶ。

「どうした？」

「人を殺してしまったかもしれない」

「はぁ⁉　お前が⁉　今⁉」

ドアを開けて出てきたジャージ姿の斉藤が、鼻を膨らませ物凄い形相《ぎょうそう》で驚いている様子を見て、少し冷静になれた。

「変なやつに声かけられて、殴っちまった」

「どういう状況？　手から血でてるぞ」

斉藤に言われて手を見てみると、右手は骨が見えるほど切れていて、左手には相手の歯が刺さった跡がついていた。

「俺、人殺し感すげぇじゃん」

「一旦ウチの倉庫に隠れとけ」

「たすかるわ」

「ちょっと見てくるから」

倉庫に入り、隙間から漏れる光で拳を照らすと生々しく血が流れ出ている。

なんでこんなことになっちまったんだよ。

力仕事でパワーが付いたからって、素手で人を殺せるの？

まってよ。不良漫画じゃそんなの無かったじゃん。

生きててくれ。頼むよ。

拳が熱をもち、ズンズンと痛くなってきた。

遠くから救急車の音が聞こえ、パトカーのサイレンが全方位に響き渡る。

その音に紛《まぎ》れて、足音が近づいてくる。

ジャッジャッジャッ……ガラガラガラ
ドアが開くと斉藤が不安そうな顔をしていた。

「パトカー凄いことになってる。ヘリも飛んでるわ」

「まじか。こりゃ逃げられねぇな」

「なにしてんだよ‼」

斉藤が砂利を蹴っ飛ばした場所から、黒い土が顔を出した。人殺しの心配をしてくれてありがとう。

「自首してくるわ」

「……ここまでオオゴトんなったらそうした方がいいか」

「迷惑かけた！　どうなるかわからないけど、みんなに宜《よろ》しく言っといて！」

「わかった」

頷《うなず》いた斉藤は、俺よりも動揺している。

目を合わせず倉庫を出て、振り返らずに俺の背中を見ているだろう斉藤に向けて、右手を少し上げ、ヒラヒラと動かした。こんな時にでもカッコつけながら近くの交番に向かう。

道中、何台もパトカーとすれ違ったけど、一度も止められなかった。

ノーヘルや信号無視で追いかけられてる時とは、比べ物にならないくらい騒がしい。

そーいや先輩がなんかの逃走中、高速道路でカーチェイスになった時にヘリが追いかけて来たって言ってたな。上を飛んでるこれもそうなのか？

いつもお世話になっている交番が見えてきた。石を投げて襲撃《しゅうげき》したのが懐かしい。

「現在逃走中の男は……」

無線から音が流れて、１人の警察官がセカセカと動いていたが、突然現れた俺を見て手を止めた。

「ん？　なんだ？」

警察官は戸惑いながらも、足元から頭の先まで、じっくりと見ている。

見た目の情報がきてないのか？

「あーこの騒ぎ、俺です」

「ん？」

「人殴られてるでしょ？　それやったの俺です」

血が少し固まった両手を証拠ですと言わんばかりに見せた。

「おまえかぁーーーーーー！！！」

無線で連絡をはじめると、すぐに他の警官も集まってくる。

「おいおい、被害者は、知らないおじさんに突然襲われたって証言してたんだけどなぁ」

警察官が話しているのが聞こえてきた。

「証言⁉　あいつ生きてるんですか⁉⁉」

「あぁ、重傷だけどな。病院で意識が戻ってる」

よかった！　助かった！　人殺しにならなかった‼

「謝りに行かせてくれよ」

「加害者がそんなすぐに会えるわけないだろう」

「ただの喧嘩じゃん」

「どこがただの喧嘩だ！　殺人未遂じゃないか！」

「へぇ～生きてんのかぁ」

連れていかれないってことは、刑事事件にならない？　だから少年院もいかない、保護観もつかないのか？　また指紋取って事情聴取して終了だべ。

外にいても働かなきゃだから、別に入っても良かったけどな。

とにかくあいつが生きていて嬉しくて堪らない。

「俺のおかげでさ、あいつの性格良くなってたらいいな！　ほほほほ」

交番で警察官に囲まれながら、変な声で笑ってやった。

嫌な顔されてるけど関係ないや！　なんの問題もなかったぁーー！


ママと2人で怪我をさせた大学生の家に向かっている。

小学生じゃあるまいし、相手の家に親と謝りに行くって……。

あの後、怪我をした大学生の男は自分から喧嘩を売ったので自分が悪い、と供述をし、被害届も出さなかったらしい。俺は殺人未遂をしたにもかかわらず、何の罪にも問われずに事なきを得た。

でも向こうの親が納得していないみたいで、ママにしつこく連絡をしてきて、菓子折りと俺の給料から少しの治療費を用意した。

「なぁ、あいつが悪いってなってんのに行く意味あんの？　金勿体ねぇわ」

「うーん」

「めんどくせぇなぁ」

「謝りに行くの久々だねぇ」

ママと暴力沙汰で人んちに謝りに行くのは、中学の頃に調子に乗っていた、普段は真面目なデケェ男を殴り、メガネを弁償した日以来。

基本的には喧嘩なんてお互い様で後腐《あとくさ》れなかったし、働くようになってからはする機会も少なかった。

「初めては幼稚園だから覚えてないでしょ」

「しょうすけな。目から血が出たやつ」

「覚えてるんだ。じゃあれ！　あの！　たくまくんのは覚えてる？」

「小学校の2年くらいの？」

「そう！　アンタがねぇちゃんの同級生の子達に虐《いじ》められてて、その子が一人になった隙にバットでボコボコにしたしょや」

迷惑かけちゃったかなと思ったけど、ママはなんだか楽しそうで、足取りは軽い。

これから謝りに行くのに、昔話に花を咲かし過ぎている。

「謝りに行ったらそいつが全身包帯ぐるぐる巻きで、玄関に立ってたの覚えてるわ」

「その子のおばあちゃんが慰謝料よこせって怒っちゃってたけど、プラスチックバットだからそんな怪我するわけなくて、孫に演技させてるし、もう笑い堪えるので大変だったのさ！」

手を叩いて盛り上がっているママの頭には、お花畑があるんだろう。

「まじかよ！　そこまで覚えてねぇわ！」

テンションをママに合わせて、笑いながら謝罪に向かう。

明るく話しているけど、社会に出ても、まだ親に迷惑かけてる自分が情けない。

「ここだわ」

ママが立ち止まったのは、古めの建物の前だった。

「早く謝って帰ろうや」

長居しないように先に伝えておく。

「はいはい」

そう言ってチャイムを鳴らすと、お母さんらしき人が出てきた。

「初めまして、中へどうぞ」

優しそうな人だ。あいつもいるのか？

「この度は」

ママが謝罪をしようとすると、それを手で遮《さえぎ》った。

「座ってお話ししましょう」

「すみません。では失礼します」

親が丁寧なセリフを発していることに違和感を覚えつつ入る。

中は少し線香臭くて、うっすらとババんちの匂いがする。

丸いテーブルに高さが合わない古びた革っぽいソファー。所々剝《は》げて色が変わっている。

座るとお茶を出してくれた。

「よかったら飲んでください」

「頂きます」

ママと同時に茶を啜る。

「こんなに礼儀正しいのに、なんで喧嘩なんかしたんでしょう」

「コイツ礼儀正しいフリが上手いんです」

ママとお母さんは、ゆっくりと会話を進めている。

家の中を見ても、決して裕福ではない。

バイク持ってるみたいなこと言ってたけど、どこにあったんだろ。

テーブルの下から、風呂に入ったほうがいいと思ってしまうくらい汚い犬がこっちを見ている。

「ウチの犬が他人に吠《ほ》えないなんて、あなたの心が綺麗な証拠です」

「あぁはい」

何言ってんだコイツ。それより息子はどうした。

「息子も同席させたかったんですけど、怖がっちゃって会いたくないって。自分より年下なのにねぇ」

「申し訳ないです」

お前がこないで誰に謝まんだよ。ビビってんじゃねぇよ。

「この度はウチの息子が怪我をさせてしまいまして、本当に申し訳ありませんでした」

タイミングを見計らっていたママが、謝罪と同時に、用意していた金を渡す。

「あのね？　お金渡せば『はい終わり』なんてあり得ませんよね？」

中の金も見ずにお母さんが言ってきた。

薄かったか。千円札で分厚くしとけばよかったのに！

「申し訳ございません」

ママが謝る。

「鼻の骨が折れて、頬の骨が陥没《かんぼつ》骨折してます。歯が何本も折れて、上手にご飯も食べれません。もしかしたら顔面麻痺などが残るかもしれないんです。あの日から、人前に出れる顔じゃないと言って部屋から殆《ほとん》ど出てきません。それなのに、被害届を出さず、慰謝料請求も無しにしたのは、自分が悪いんだと息子が言っているからですよ。なのにあなた達は、お金で解決しようとするんですか？」

麻痺が残る？　俺のせいで？　嘘だろ。

「すみません。けど治療費だけは、受け取って下さい。大樹が働いて得たお金なので、謝罪の気持ちです」

ママは、前に座るお母さんへ封筒を滑らせた。

「そうですか、まだお若いのにあなたも働いてるのね。ウチも裕福じゃないので、正直助かります」

「すみませんでした」

ママが更に謝ると、お母さんがゆっくり話し始めた。

「あなたにも事情があるのは分かる。ウチの犬が吠えないいんだから」

「はぁ」

それなんなの？

「息子はね、バイクが欲しくてテレアポで働き始めたんです。私を職場まで送り迎えできるようにって」

テレアポってか詐欺会社な。

つか、あいつバイク持ってるって言ってたじゃんホラ吹きが。送るためなら軽自動車でいいだろ。

「私昔から足が悪くてね。息子には、小さい時から迷惑かけてばっかりで、友達と遊ぶのも我慢させせちゃってたのよ」

「……」

「一人っ子でお父さんもいないから、私にすごく優しくてね。高校からバイトで家計を助けてくれてて、卒業と同時に就職したんだけど、会社で上手くいかなくて、辞めてしまったの。それからバイトしながらお金を貯めていたの」

そんな話聞きたくないよ。やめてくれ。

「裕福じゃなくても、毎日この家で笑っていられるだけでよかったんです」

「すいません」

この言葉以外なんて言えばいいんだ。

「息子が切っ掛けを作ったにしても、あなたにはしっかりと受け止めて欲しい。私達の日常を奪ったことを。そしてもう、繰り返さないと約束して下さい」

その家を出て、暫《しばら》く、俺達は喋れないでいる。

足取りは重く、アスファルトに焦点を合わせて歩いていると、視界に俺とママの靴が交互に入り込んでくる。ママのスニーカーは黒くなってて汚い。いつからこんな汚かったんだろ。

俺は、ここに来る前に、今回の件を軽く考えていた自分が気持ち悪くなっていた。

斉藤の家の倉庫で後悔したことをもう忘れていた。

今までも何度かあった。何度も、何度も振り返るチャンスはあったと思う。

後悔しては、神様に頼り、反省しては、忘れていた。

昔からどっかで誰かが教えてくれていた。

「暴力はいけません」

「相手の気持ちを考えよう」

「人に優しくしましょう」

ふざけた洗脳じゃなかったんだ。

俺のために教えてくれていたのか？


殴った相手が色んなことを抱えて生きているすげぇヤツだなんて、考えたことがなかった。

俺が今まで殴ってきた相手、その家族のことも想像する。

調子こいてる奴は気に入らない。って、俺と同じように、調子こいてる理由があったのかな。

わかってあげられたのに、仲良くなれたかもしれないのに。

俺がダサくなるから殴らないだとか、俺の友達が嫌な思いをしたから殴る。俺が求められるために、俺を強くみせるために、俺が得するから、俺の交渉の武器になるとか。俺が俺が俺がって、俺、俺だけだ。

俺は俺のことだけ、俺の為に、俺だけが俺だから俺にしか俺が俺だ俺俺俺……俺の道しか見えていない。

人生の道路は何本も敷かれていて、その道は、色んなところで交わっている。

家族や沢山の友達の道と交わって今があり、俺の物語だけが進んでいるんじゃない。

誰かの物語に俺が登場しているだけだったりする。

足の悪いお母さんの助けになりながらも、ヤンキーぶって生きている若者が主人公の物語があった。

助けられながら笑って生きる、心優しい主婦が主人公の物語もあった。

そこへ現れた悪者が、理不尽な暴力で破壊活動。

何が正義だ？　何がヒーローだ？

謝って済むなら警察なんかいらねぇよ。って本当にその通り過ぎて気持ち悪い。

捕まって済むならそれで終わりたかった。法律ってなんだ？　マジの罪ってこれじゃないの？　罰を与えてくれよ。これよりも軽い罪で捕まってる奴らばっかりだろ。許してくれよ。

でもさ、人に危害を加えておいて許されたいと願うって、とんでもない罪なんじゃないのかな。

俺は、反省したフリして、許された気になって、何度も罪を重ねてきたんだ。

「今日、夜ご飯なに食べよっか？」

ママは、向かっている時と同じテンションで話しかけてきた。

4

窓が真っ黒く塗りつぶされたアルファードの中に招待され、もわんもわんと漂うココナッツの香りを嗅ぎながら、顔も身体もバカでかいおじさんと2人きりでいた。

助手席に座る。目の前のフロントガラスに映される夜の街は、帰宅する車達が音と光のショーをしてくれているみたいだ。

後ろを振り向くと、窓についているカーテンのせいで後部座席まで光が届かず、真っ暗で少し不安になる。

座席と太ももの間に手を挟んで指を動かすと、すべすべの革シートが指に擦《す》れて落ち着いた。

「お前にピッタリな仕事なんだ」と、斉藤に紹介されたズーさんという30代後半の、ヤクザなのかチンピラなのかわからない男に、仕事に誘われている。

「是非お前に任せたい。楽だし、稼がせるよ」

「斉藤から聞きましたけど、結局そのデークラ？　ってなんなんですか？」

「デートクラブ。デリヘルみたいな感じで、女の子を客の所に車で送迎するんだけど、その後トラブルがないように見張るんだ。俺のとこに在籍してる子達を何人か預けるから、やってみてくれないかな？」

「つまり風俗ってことですか？」

どうでもいいんだけど聞き返す。

「まぁ申請出してないんだけどな」

足に冷たいエアコンが当たっていて、意味がないと思う。

顔に冷たいのが欲しいと言いたいけど、ズーさんはデカくてゴツゴツした肌で顔が怖い。

もしも顔に当てたいと伝えたとして、顔というワードに敏感な人で気を悪くしたら申し訳ない。暑さを堪えて話を聞く。

「へぇ。何で俺なんですか？」

「相手がまともじゃないと金払わずに逃げたり、女の子殴っちまったりするから、トラブル起きた時に乗り込んで守って欲しいんだよ。お前気合い入ってるんだろ？」

「でも仕事2つやってるんですけど」

「たまーに夜中やるくらいで、ある程度稼げるって思ったらその仕事辞めちゃえばいいんじゃない？」

「つかその子達にデリヘルとか紹介したらいいんじゃないすか？」

「基本的に女の子は、みんなワケアリで普通の風俗で働けないのよ。お金の必要な未成年の子もいて可哀想だろ？　ドライバーでしっかりしてる奴がいなくてさぁ」

中学の時、援交したのにお金を貰えないで逃げられた後輩がいた。

「いくら貰えるんですか？」

「客次第なんだけど、基本は、ゴムアリイチゴホベツなのね」

「え？」

「イチ女の子でゴがこっち、んで1回客付く度、俺に1000円だけ渡してくれたら、後はガソリン代と、お前の給料。かなり優良業者だろ？」

よく意味がわからない。

「やってくれるか？」

まぁ暇だし、俺が必要ならやってやるしかねぇか。

「斉藤の紹介だし、ちゃんと金もくれるならいいっすよ」

「うわ助かるわぁー。でもウチの女の子に手出さないようにな？」

「やめてくださいよ！　出すわけないでしょ！　とりあえずさっきの全然意味わかんなかったんで、内容ちゃんと教えて下さい」

困っている人を助けるんだ。

＊

「ホテルロマール203先」

とアリナちゃんから入室のメールが届き、トラブルなく先払いでお金を受け取ったことを確認。

先に入ったシオリからの入室メールはまだないから、軽く警戒はしておこう。

ホテルはわかっているからなるべくその近くで待機だな。

今日の出勤は2人だから楽だ。

2ヶ月程が経ち、ズーさんから教わった仕事にも慣れてきた。

女の子をホテルに送ってからの待機時間は、車をコンビニの駐車場に停め、車中でぼんやりと待つ。

アリナちゃんは、次のお客さんがもう決まってるから探す必要はない。

シオリは連絡ないしとりあえず次はいいか。

車のエンジン音の上に、J－POPが乗って混ざり合っている。

フロントガラス越しに通り過ぎて行く人達を目で追うのにも飽きて、物思いにふけっていた。

敵、味方と勝手に決め付けて、相手の人生を蔑《ないがし》ろにしていた自分を少しでも好きになりたかった。17歳になった頃の俺はちゃんと生きようと思い、友達が働く鳶職《とびしょく》で一緒に働かせてもらうことになった。

中卒で働いていた職場とは違い職人達がとても優しく、その差に驚いたし、友達もいたから朝も飯時も憂鬱ではなかった。

鳶職の先輩の秀志《ひでし》さんに、キャバクラやニュークラ、風俗を教えてもらい、暇があれば秀志さんの金でパチンコとスロットに一緒に行った。

秀志さんは車を持ってなかったけど、俺は地元の先輩から流してもらったワケ車に乗っていたから、離れたパチ屋にも連れて行けた。

秀志さんが俺のママのスナックに一人で行って、

「お前のかぁちゃん酔ってたからチューしておっぱいモミモミしてやったぞぉ」と言ってきた時は反応に困ってしまったが、歯が1本もなくて、滑舌《かつぜつ》が壊れている秀志さんに酔ったママがキスされたとか、今では笑い話だ。

そんな秀志さんは、なんの前触れもなく突然消える。

秀志さんは若い頃から親分の下で働いていて、時々、突然いなくなるクセがあるらしい。どうせすぐ戻ってくるんだと親分は気にしてなかった。

36歳にもなって飛ぶ人もいるのかと、何故か嬉しかった。

1年以上も働かせてもらい、すごく居心地はよかったが、小学校の同級生に誘われたバンドに夢中になり、鳶職も辞めた。

音楽で飯を食って行こうと一瞬考えるも、その時流行っていた「前略プロフィール」というサイトで知り合い、思いを寄せている女性、鈴代《すずよ》に向けて「夢を追ってる男を演じることで気を引く」のがモチベーションになっているだけの俺には到底厳しく、楽器も出来ない、買えない。練習するにも金がかかるし、現実的に考えてそんな甘くない。小さい時から音楽に関われてる奴らに勝てるわけないだろうし、なによりずっとやってる兄のバンド、スイートポテトボーイズは売れる気配が欠《か》けらもない。

自分に置き換えて想像したら、やる気が失せて解散した。

鈴代は、俺にとっては初恋だったと思う。

幼稚園の時は先生が好きで、小中学校でもなんとなく好きってのはあったと思うけど、鈴代への感情はそのどれとも、未来への感情とも違った。

出会いこそインターネットで、顔も知らない真面目な高校生の女の子とメールでやりとりしているだけだったけど、美味しいものを食べた時、綺麗なものを見た時、空想上の鈴代が頭に浮かび、あらゆる素敵なことを共有したいと思えて、それは恋以外の何にもたとえられなかった。だから初恋だ。

現実世界で会えるとなった時、メールでは少し真面目な不思議ちゃんってイメージだったのに、待ち合わせ場所に座っていたのは、金髪ミニスカートの爆裂ギャル。

がっかりしていると、鈴代が同じく金髪だった俺に向かって「めっちゃギャル男じゃん。文面的に真面目な人かと思ったんですけどぉ」と言い放ち、共感と妙な親近感にドキドキさせられて、もう虜《とりこ》になっていた。

鈴代の見た目はそんなんだけど、一緒に過ごしていると自然が好きで、とにかく真面目な優しい人だとわかった。

俺もこんな優しさを持った人間になれるならなりたい。真面目な人になりたいと思い、バイトの面接を受けるのをキッカケに金髪を卒業。

一生金髪！　とダチとプリクラ撮って落書きで誓ったのになぁ。

とにかく普通を経験したくて、色々なバイトをした。

カラオケ屋や居酒屋で働く大学生達をじっくり観察した。

我が物顔で厨房をトークで回す調子こいたにーちゃんは、酒を沢山飲める話ばかりしていた。

可愛い子には、特別なまかないを作ったり「疲れてそうだから今日もうあがっていいよー」と優しく声をかけるバイトリーダー。

そいつと付き合う女の子。

休みの日も売り上げを確認しに来て、エアコン掃除をやらせる真面目な女性社員。

友達が不良しかいないから普通を理解するのは難しいけど、ある程度の普通の会話ってやつは大体覚えられたので、あらゆるバイトがやり易くなった。

でもどんな仕事もすぐに辞めた。

表の世界に合わせるのが疲れる。頭も絶望的に悪いし、深く掘られるとボロが出るから会話もあまりしたくない。

仕事が出来るわけでもないから、誰からも求められていないのがわかる。


どこへ行っても合わないのは同じ。

違法な飲み屋のキャッチをやったけど、客を喜ばせたくてTAXと女の子の飲み物、込み込みで最低3000円で声をかける。しかしそれだとバックがほぼ無くて、金にならなかった。

かと言って他の奴らのように内地《ないち》から来た人達からボッタクりたくないから、稼げない。

安く入れてやったのに「可愛くない子を付けやがって」と文句を言ってくるジジイもいて、俺の店じゃないからよくわからないし、楽しんでもらいたいから安くしたのに、その優しさもわからない自己中ジジイに苛立《いらだ》ち、ボコしてわからせようとする気持ちを何度も堪えた。

何よりも夜の店のチンピラ共は、ポイ捨てするから許せない。

それを注意すると、みんなから頭のおかしい奴として扱われた。

必要とされる為に、自分がどこで何をしたらいいかわからなくなっていた頃、鈴代が働いているたい焼き屋さんのオーナーを紹介してもらい、鈴代のコネでたい焼き屋の店長にさせてもらった。

鈴代は、たい焼き屋の店員をやりながらも相変わらずギャル。

見た目と中身が違い過ぎて、どう見せたいのか、どうしてこんな格好をしているのか不思議で、そこがまた魅力的。

鈴代と毎日一緒に働けるのが幸せだった。

舞い上がってしまい、鈴代を喜ばそうと、たい焼き機を解体し、営業中に鍋をしてオーナーに怒られたこともあった。

店内に流れる白いたい焼きのテーマソングは、佐賀の歌で売れまくった芸人「はなわ」が歌っていて、やけに耳に残っている。

昼はたい焼き屋、夜は居酒屋でなんとなく働いていた時期に紹介されたのが、ズーさんからの仕事。

最初は無免許だったけど、女の子を乗せて運転するので、迷惑をかけないように免許を取った。

この世界は俺を必要としてくれる。

働く子達は、様々な理由でお金が必要だし、身寄りのない後輩達にも稼がせたい。

みんなが儲かる流れを模索している中、ふと周りを見渡せば同い年の普通の人達は、高校を卒業する年齢になり、青春を謳歌《おうか》している。

＊

アリナちゃんが仕事を終え、ホテルロマールから少し離れた客に見つからない位置で乗せる。

「お疲れ様です。すぐに次の人の所送ってくださーい」

やる気がすごい。

「その客って前もいたよね？」

アリナちゃんに改めて確認をとる。

「ホ別生中3だしめっちゃいい人なんだよね。もう5回目くらい」

トラブル無しの激アツ客だ。

「あぁ、自称医者だっけ？」

「うん、その人。今日は、さすがに1渡すから貰ってね」

ニヤリと笑みを浮かべ、俺を喜ばすように言う。

「まじでこっち5000円でいいって」

「7：3って決まってるんだからもらってよ」

「それ前の業者だろ？　一緒にすんなって！　俺のとこは5000円だけって決まってんの」

「無理。1渡すから貰って」

いい奴すぎてダルい。

「ルール変えちゃったら他の人もあげなきゃとか思うかもしれないだろ？　そもそもアリナちゃんの自分でとった定期の客だべ！　俺なんもしてないもん」

「私があげたいからあげるだけなんだからいーじゃん」

「気持ちは嬉しいけど、いらねぇの」

目的地のすすきのから少し外れた中島公園近くのセイコーマートに着くと、メールで特徴が送られてきていた、シルバーのセダンをアリナちゃんがみつけた。

「いたいた！　あの人、待ち合わせもスムーズすぎて最高なんだけど」

「離れた場所から確認しにくる奴とかまじムカつくよな」

「新規のあの来るか来ないかわからない感じ、ほんと無理」

セイコーマートの駐車場から見えない位置でアリナちゃんを降ろす。

「じゃ、いってらっしゃい！　一応、車乗ったらメール。着いたらホテルと部屋番よろしく」

「はーい」

バン！　とアリナちゃんが強めにドアをしめて仕事に向かった。

今乗っている、窓にスモークがかかっていて外から中が見えない黒のＳ－ＭＸは、パパから借りている。

ズーさんの車の方がデカイし女の子も沢山乗れるけど、ズーさんの知り合いのチンピラ共がナマコの密猟に行っている時は、使える車がなくて、わざわざパパに借りに行っていた。

ズーさんの車は助手席前のグローブボックスに覚醒剤の結晶とか入っているし、もし職質されたら一発アウトだったから、正直パパの車の方がありがたかった。

また時間が空く。

この時間は「ＰＣＭＡＸ」「ワクワクメール」「ハッピーメール」といった出会い系サイトを使い、女の子のフリをして作ったアカウントで次の客を探してあげるのだが、もう朝方３時。

ホストクラブへの売掛やバースデーを控えている子はいない。男性アイドルグループの高額転売チケット購入予定の子もいないし公共料金が滞《とどこお》ってる子もいないので、今日は終わり。

目を瞑《つぶ》り息を吐く。

おじさん達と女のフリしてメールをしなくていいんだと不思議と心が楽になった。

大人の男とのやりとりで学んだことは、若い女を人として見ていない奴らが圧倒的に多いことだ。

女の子達は、一人一人性格が違うのに、気にするのは太ってるか痩せてるか、オッパイの大きさや出来る行為。そして写真が嘘じゃないかをしつこく聞いてくる。

勿論適当な嘘を送っている。

体を売ってるから、金を受け取る側だから、女だからなのか、メールのやり取りは、人間として扱ってくれていない感じがひしひしと伝わってきた。

そっちの見た目は？　と聞くとブチギレるし、安く長く遊ぼうとしているのを断ると、また理不尽にブチギレる。

断り方を考えろ。とキレる奴もいた。

昔、ママがスナックでおじさん達からセクハラを受けていた時も不思議だった。

ママは軽く上手に流していたけど、俺が見てきた女の人達はいつも男を怒らせないようにしてあげていた。

女の子達に嫌な誘いを上手に断る方法を教えなきゃいけないのは何故だろう？

変だ。俺が守ってやるって思っちゃってるのもなんかおかしい。

それにしてもシオリから連絡がない。遅い。

でもトラブルなら連絡来るはずだし……。

いつものセイコーマートに駐車し、漫画を立ち読みして時間を潰すことにする。自動ドアの右手に適当な漫画コーナーがあり、物色しながら正面に目をやると、窓の向こうで酔ったおじさん達がタバコを吸っていた。

なぜルールも守れない？　ダセェ大人だ。そこ吸っていい場所じゃねぇだろ？　と言いたいのを堪えて漫画を手に取る。

購入なんて勿体ないことはしない。無料で読めるんだから意地でも立ち読みする。それが俺の流儀。

毎日読みすぎて、あらゆるコンビニの面白い漫画は全て網羅してしまい、この分厚い『刃《ば》牙《き》』なんか3周目だし、最近は『怖い女の嫉妬《しっと》』『芸能人の裏側』とか別に好きじゃない漫画にも手を出している。

しばらく読んでいると週刊誌の並び替えなのか、店員が雑誌の目の前でゴソゴソやり始める。邪魔だ。長い。

これ、わざとなんじゃねぇか？　別に必要ない動きしているけど……まぁいいか。

集中が途切れると、連絡の遅いシオリが心配になった。使い慣れないiPhoneの画面を確認すると同時にメールが届く。

「助けて307」

やっぱりか。

久々のトラブルに興奮しながらも、店員さんが整理をした後だから、元々あった場所に丁寧に漫画を戻して車へ急ぐ。

金を払わず逃げようとしてるのか、撮影や変なプレイなど嫌なことの強要か、なんであろうと許さない。

キューキュッキュッキュッブゥーーーン
車のエンジンをかけ、iPhoneを見るとシオリからのメールが何通も届いていた。

シオリは、文字をスラスラ読めない程度の軽い知的障害を持っている子で、家庭環境が悪く、家出をして、友達の家を泊まり歩いている。その友達に紹介されて、この仕事を始めた感じだ。

許せないのは、ズーさんがこの子のお金を抜いていること。

正確には、紹介してくれた子に渡しているらしいが、それが気持ち悪く、最近はズーさんに内緒で動くことも多くなっている。

プァッパーーーーー
信号は無視して、歩行者をクラクションで牽制《けんせい》すると、車に向かって酔っ払いが何かを叫ぶ。

少し明るくなったクセェ街を尻目にラブホテルへ飛ばしていると、ゴミ野郎で溢れているなと改めて思う。

約束したお金を払ってくれと言ってるだけなのに、殴りかかってくるイカれた奴がいた。

必要な暴力だと自分に言い聞かせてやり返した。

「払いたくないし、法律的に払わなくてもいいお金なので警察行きましょう」とかほざいてくる奴もいた。

わかんないけどさ、法律ってなんでこんな卑怯な奴の盾《たて》にもなるんだろう？　払うって約束したじゃん。殺してやりたいけど、意味がない。コイツの職場で全部バラしてやりたいけど、そんなことして事件になったら女の子が可哀想なので、俺が女の子にお金を払って納めることもあった。

ビビって拳銃をちらつかせてくるやつもいた。

援交中、しかも自分に非があるのにブッ放すなんて、情けないにもほどがある。

「落ち着け。それ撃って損するのお前だぞ？　約束した分のお金くれたら帰る」とわざわざ言わないとわからないゴミな大人にうんざりだ。

俺の所には他の援交業者から逃げてきた子も多くいた。

未成年の子に恋心を抱かせ、お金を搾取《さくしゅ》する奴。

理不尽な借金を背負わせて洗脳して無理矢理働かせる奴。

何かあっても助けもしない奴。

そんな業者が多かったからか、俺の所には沢山の女の子が集まってきて、俺一人じゃ限界になり、暇してるチンピラに何人か預けて同じようにやらせていた。

世の中、綺麗事ばっかり。

現実は、ゴミだらけ。廃棄も出来ねぇクズで出来た世界。

どんなに誰かが頑張ったって、洗浄されることはない。

漫画で見たけど、変えられるチカラがある政治家だってゴミらしいぞ。

てかあんな賢いやつら、下層の状況しらないだろ。ずっと恵まれて生きてんだから。

警察は、下層の人間を捕まえて正義だってさ。狂ってる。汚ねぇ。あぁクセェ。


どのホテルにもすぐ行けるコンビニに駐車しているので、5分もあれば大体のラブホテルに着く。

女の子達がいるホテル名、号室は、定期の客でも入室時に送ってもらっている。新規客の場合は、ホテルに入るまでその車を追いかけるし、逃げられた時の為に、車のナンバーも控え、レンタカーや中途半端な高級車の時は、ホテル前に待機して、終わるまで待つ。

突然、ドライブと称して変なところに連れて行き、車の中で始めようとする下品な奴もいて、追いかけて行くのが大変だ。

約束を守らないカスばかり。

クズで出来てる世界からもハブかれている女の子だから、約束を守らなくていいと思ってるのか？

下の階層にいるのかもしれない。

それでも上の階層より汚れていない。

なんにもわからず、ただ生きるために生きているのに。

ドンドンドンドンドンドン
「あけろコラァーーー!!」

連絡が来ていた３０７号室のドアを強く叩く。

ドアは開かないけど声が聞こえる。

「おいテメェマジかよ」

「ふざけんなよ！　厄介だなぁ！」

「やめてって!!」

何人かいる。１人って約束だっただろ。そして明らかに何かをされて嫌がっている声。

頭が熱くなる。ゴミ、ゴミ、ゴミ！　ゴミが!!

「殺してやるから早く開けてくれねぇかなぁ!?」

ガチャリとドアが開き、３人立っていると思ったらいきなり硬いもので殴られた。

「１人だ！」

「やれやれやれ!!」

頭が揺れ、血が出ているのがわかった。なんで？　なんで約束を破っておいて、俺に暴力を加えている？

「逃げろ、行くぞ！」

逃すわけにはいかない。1人の服を摑んだ。

「おい、ヤバいコイツ！　手外せ‼」

慌てている隙に他の2人は逃げていった。

「なにしてるんですか！　警察呼びましたよ！」

ホテルの従業員らしき人が来てくれた。

「離せよ！　おい‼」

「コイツを……」

従業員も様子をうかがうだけで押さえてくれない。

誰か助けてくれ。当然のように他の部屋からは誰も出てこない。誰かこいつを捕まえてくれと願い、摑み続ける。離さない。許さない。逃がさない。

＊

「金銭の授受は容認出来ません」

警察は、援交だとわかっている。

「はぁ⁉　いいから勝手に撮った裸の写真を消して1万5000円を払えよ！」

シオリは、何を言われてもずっとそれしか言わない。

真っ当な主張なのに、叫んでいるのを何度も制されていた。

あの後すぐに警察が到着し、俺、シオリ、男の3人で連行された。

俺はシオリの友達で、助けてとメールが来たから行ってみたら殴られた、とだけ話した。

身分証確認で、シオリが21歳で俺より年上だったと知って驚いた。

障害者手帳を出すのを渋っていたシオリの姿が可哀想で仕方なかった。

「すみませんでした」

謝っているクズで出来た塊の正体は、結婚もしている真面目なサラリーマン29歳。

何もかもを間違えているのはコイツなのに。

どうしてシオリが辱《はずかし》めを受けなくてはならない？　正しさを曲げられなきゃいけない？

「こんなゴミに何も求めません。もういいです。帰ります」

俺は手を出していないし、未成年。

暴行罪で起訴は出来ると警察は言ってるけど、俺も日々犯罪を犯している。

警察からマークがつくと損するのは俺らだから、なかったことにして、俺からシオリに1万円を払い、終わりにした。

中央警察署から出ると今日が始まっている。太陽がまぶしく、日の光と無力感に襲われた。とりあえずアリナちゃんに連絡をとると、別で動いていた後輩が迎えに行ってくれていた。

「ごめんね。あいつヤバかったね。本当ごめんね。アイツあたしのことブスとか言ってきたの。ごめんね。怒ってる？　ごめんね」

家出先の友達の家に送っている間、シオリは何遍も繰り返し謝ってくる。悪くないのに。何も悪くないのに。

「いや、怒ることなんて何もなかったよ」

俺は、本当になにも救えない。

この前もそうだ。

1ヶ月ほど前、知り合いのヤクザに頼まれて、登別《のぼりべつ》まで3人を運んだ。向かっている途中、好きな曲をそれぞれ流してどこが良いかを語り合い、大声で歌った。行きは旅行気分で楽しかったのだけど、1人が酒を飲まされた状態で車に戻ってきた。札幌に戻っている途中から様子がおかしくて、呼吸が荒くなり、奇声を上げながら苦しみだしたので、病院に連れて行くとそのままその子は少年院に送られた。

薬を盛られていたらしい。

紹介したヤクザに聞いても、他から紹介された人だからわからないと言って誤魔化される。俺は誰も救えないどころか1人の若い人間を終わらせた。

どうしたらよかったんだろう。

アリナちゃんの子供を堕《おろ》しに行ったこともあった。

好きなBARの店員の子供か、客のおじさんとの子供かわからないけど堕したいという。でも一人で行くのが怖いと言うので、産婦人科まで付き添った。

アリナちゃんは夜の店でシャンパンをあけることが生き甲斐で、持ち金を全部使ってしまう。貯金なんて全然なくて、中絶費用は貸してあげた。2日もあれば返ってくるしね。

中絶手術を待つ間、静まり返った待機室で、テレビ画面の映像に海中が映し出されているのを見ていた。

イルカが気持ち良さそうに泳いでいたので内容をよく聴くと、生命の大切さを説いていて吐き気が襲う。

命が結ばれる奇跡、と文字が浮かび上がる。

今その奇跡を冷たい器具で粉々にしている最中。

戻ってきたアリナちゃんが「少しだけ痛かった」と笑顔を作っていたのが辛くて、海に連れ出した。

着くや否や、頬に砂が付くほど無邪気に砂浜を飛び跳ね、自分の髪が口に入っているのもお構いなしにはしゃぐ18歳。

夕陽を背景にして潮風にあたるアリナちゃんが儚《はかな》げで、すごく綺麗で、俺の気持ちは時間をかけてどんどん沈んだ。

どうすればいいんだろう。


「ねぇ？　怒ってる？　ごめんね？」

シオリは謝るのを止めない。

「ほんっとに怒ってないよ！」

「ほんと？　怒ってる？　ねぇ怒ってる？」

「今お腹空いてるか⁉　ドライブスルーしよーぜ！」

「やったーーー！　ポテト！　ポテトだけ食べたい‼」

いつもポテトだけしか食べない。

シオリはよく変な歌を歌っていて、俺はそれを可愛いと思う。笑わせようとしているわけじゃないかもしれないけど、一緒に居るといつも笑わせられる。

他の女の子がイジってバカにしたりすると、キツく注意をしてしまう。シオリが傷付くから。

別の所で会っていたら、シオリがポテトだけしか食べないなんて知らなかっただろうし、どんな人間かも興味なかっただろう。

お世辞にも「可愛い」と言える見た目でもないのはわかる。

行動も少し変だし、子供の時ならきっとイジメの対象にされてしまうのだろう。

でもこんな世界で出会って、同じ時間を過ごした。

シオリが過ごしてきた過去、過ごしている今を知ると、幸せになってほしい、と切に願う。

俺がこの仕事を始めなければ、全て起こらなかったんじゃないかな。辞めちゃおうか。いや、俺がやらないと皆がヤベェ業者に行ってしまうだろう。でも元々そうなんだからそれでよくね？　いやいや、俺はヒーローだろ？　救うべきなんだよ。でもこの世界を見なければ幸せだったんじゃねぇか？　知らなくてよかったんだよ。てか犯罪者が正義面すんな。最後まで責任もてよ？　まて、俺に責任あるか？

癖になっている自問自答を繰り返し、朝の街で車を走らせる。

「……自動車道、登りが10キロの渋滞」

音楽が耳障りに感じ、ＭＤを停止すると、ラジオの道路交通情報が耳につく。

大通公園の鳩は、呑気に飛び回り、出勤中のサラリーマンが欠伸《あくび》を我慢せず気怠そうに車を前に進め、横断歩道を渡ろうとする日傘をさした主婦は高級そうな手袋を直している。

その横を通り過ぎて行く登校中の高校生達は、朝がキツいのか不機嫌そうに輝いていた。

「俺ずっと生徒会長だったし、テスト100点じゃなかったら親に見せれなくて、こっそり捨ててたくらい優等生だったのよ？」

「こっそり捨てるのは優等生か？」

「俺言いたいのは、普段素行《そこう》の悪い奴が少しいいことしたら異常に褒められる現象、ずるいぞって話！」

「ずっと優等生だとそんなところが羨ましいんだね」

「昔悪かった奴がいいことしてたたえられるより、ずっといいことしてきた奴が一番褒められるべきだろ！」

「優等生になれる道を選べた人間とじゃ、基準が違うからなぁ」

「はぁ？」

「赤ちゃんって生まれた時、めでてぇじゃん？　ちょっとしたことで褒められるじゃん？んで気づいたら当たり前になってハイハイしても褒められなくなるけど、次は立ったら褒められるじゃん？」

「そりゃ初めて出来たこととかはさ、褒めて教えてやらねぇと」

「ずっと悪かった奴はさ、普段やってねぇからこそ褒められるんだよ。悪い奴がいいことした時って赤ちゃんがハイハイ出来た時と一緒なのよ。凄いねって褒めてあげてんの。そんくらい育ちが遅いハンディを抱えてると思ってみんなで育ててやらねぇとダメよ！　大人だろ？」

「なんか舐め過ぎだし、失礼だし、酷いこと言ってるよ……」

「教育って洗脳だからよ。そうやって悪いことよりいいことの方が気持ちいいや！　って洗脳してくんだ」

「わっかんねぇけど、何も出来ない赤ちゃんだと思ったら褒められなきゃ可哀想だわ」

「子が生まれた時に親も生まれる。赤ちゃん歴と親歴は一緒なんだから子育てに悩む必要はないぜ？」

「わりぃ。なんの話してたんだっけ？」

＊

「あの車追って！　絶対あれだ!!」

ツカサちゃんに興奮気味に命令され、北海道立総合体育センター裏口から出てきた車を追いかける。

「まさかこれ千歳空港まで行く感じ!?」

不安になったので、聞いてみた。

「そう!!」

「そうなのかよ！」

「ヤバい！　見えないじゃないの！　手振るから隣つけなさい？」

「いや姫ぇ！　それ多分捕まりますぞぉ！　御要望にお応え出来ませぬぅ‼」

車内はRADWIMPSの曲が聞こえなくなる程、笑いに包まれている。

バカドジマヌケシネオタンコナス！　と歌っているから、君たちにはしっかり聞いて欲しい。

俺が前にやっていたデークラに在籍していたツカサちゃんから久々に連絡が来たと思ったら、コンサートが終わって出てくる男性アイドルが乗っているであろう車を追いかけてくれ、というお願いだった。

今は、米山と斉藤に誘われた風俗店で店長として働いていて、そんなに暇じゃない。

それでも今こうしてハンドル握っているのは何故かって？　ギャラの5000円に釣られてしまったのさ。大変遺憾に思うところであります、お詫びのしようもないと、そういうふうに思ってます。

「おい！　使えねぇな！　ちゃんと追いかけてよ！」

「へい！　姉貴！」

ツカサちゃんは元々お金持ちで、母も別の男性アイドルを追う究極のオタクだったらしい。

その母は、新しい女をつくった旦那に捨てられ、さらに病気になって働けなくなり、ツカサちゃんは生活とオタ活の為、学校を辞めて16歳から援交を始めたらしい。

ツカサちゃんは今18歳になっているし、安全だからと俺の店に誘っているのだけど、「なんかメンドイ」とのことで、おれが後輩に預けた業者でまだ続けている。

「もうそろそろ空港行ってよ！　アタシこの便で合ってたら席近いんだから！」

誰だかわからない別のオタクが急《せ》かしてくる。

「何で席知ってんだ？」

「金払ったら色んなこと教えてくれる人がいるの。つか飛行機は、泊まりじゃなけりゃ逆算したら大体わかるでしょ」

「へぇー」

どうでもいい。にしても全く聞いたことないし、デビューもしてないアイドルが凄い人気なんだなぁ。

先回りして空港の入り口でアイドルを待つのが当たり前らしく、千歳空港にオタク4人を降ろす。

「ありがとー」

「てかどうせ気づいてるのにウチにはファンサくれないんだよ」

「ねぇ見て！　厄介な奴いる！　うわーアイツ出禁じゃなかったっけ？　厄介だわぁー」

ペチャクチャペチャクチャよく喋るなぁ。

「じゃこれ」

しっかりとお金を受け取る。

「なぁ、よく考えたら高速代とガソリン代であんま金になってねぇじゃん！」

「知らないよ！　じゃ！」

そう言って笑い、ツカサちゃんは、オタク達と空港に入っていく。

あーあ、最初にどこまで行くかとか聞いとけばよかった……。

夜までスロットでも行くか。打ち子に電話して緑ドンが熱い店舗聞いてみよーっと。


デークラを辞めてからは、仕事が終われば知り合いの飲み屋に顔を出し、休みの日はスロットや麻雀を打つ。そんな穏やかな日々が続いていた。

俺らも落ち着いたよなぁなんて昔話に花を咲かせる、ってやつも楽しんでいる。

まぁ落ち着いてない奴らもいるか。

奴らは、犯罪に関わる仕事だからしょうがない。

誰かしらが捕まると、俺に容疑がかけられることもあるし、全く知らない事件の事情聴取で署に呼ばれたりもする。

捕まった奴の携帯にお前の着信履歴があった、と警察から電話がかかってくることもよくあるし、暴力団の情報を探るための電話もくる。

昔から仲がいい金持ちヤクザの息子がいて、そいつの親父が通帳を誰かに作らせただけで逮捕され、ニュースにまでなった時は爆笑した。

俺は、斉藤、米山と3人ですすきのに部屋を借りて住み、同じグループで働き出した。そんなにやることもなく、楽な仕事だけど、講習が行われる時は、逃げ出す。講習ってのは、新しく入った女の子に実践形式でエロい技とかを教える授業だ。正直、全然わからない。下っ端の頃は、他の下っ端が請け負ってくれていたので講習の経験がない。

威厳を無くしてはマズイし、年上の後輩達からもバカにされるのを避ける為に「おう、お前らしっかり講習やっとけよー」と言って、普段から使い慣れている装いでローションのボトルをクルクル回しながら手渡し、その場からスムーズに立ち去る技術を身に付けた。

斉藤と米山からは、童貞《どうてい》の帝王。「童帝」と呼ばれている。

斉藤は高校を卒業して、自衛隊に入隊しようとしたけど、中学の時、自分で入れたしょうもない刺青が原因で入隊出来ず、夜の店を転々とした後に風俗店に入った。

刺青がダサ過ぎて、風呂場の鏡に映ると泣いてしまうらしい。

米山は、特待生で入学した高校で甲子園一歩手前まで行ったけど、ベンチだった。

最終決戦の前日に酒飲んでた奴だから、ベンチに入ってただけでもすげぇ。

卒業後運送会社に就職するも、上司と上手く行かずに辞め、フラフラしてる時期に俺らは一緒に住んだ。

人格、生き方が固定されてきて、気づけば20歳。白や黒の識別も出来るようになっている俺達の周りには、濁《にご》ったグレーな世界が広がっている。

お金にも人間関係にも不自由なく、このまま俺らはダラダラテキトーに大人になっていくのだろうと思っていた。

成人式、最後に暴れておくかぁ。

5

「執行猶予中だから刑務所は確定だろぉー？　でも3年程したら出れるんだよ！　よゆーだべ？　んでまたすぐやるさ！　真っ当に生きてたって意味ねぇもん。覚醒剤は、きもちぃぞぉ？　アレやるためだけに俺生きてるようなもんだしな！　AVみるだろ？　グワァーーーって中に入ってさ、一緒に参加してるような感覚になれるからな。あとずっと気持ちいいんだ！　ずっとずっとできる!!　眠い時も打ったらシャキーン！　最高。でもキマってない時がずっと具合悪い。あとな、薬切れてくると、物音がしてくるのよ。ずっと誰かに見られて追われてる気になって不安になる。俺、10時間誰もいない所睨み続けた事あるんだぜ？　まぁやった事ねぇからやらない方がいいな！　でさ、男同士で薬使ってるニュース見たことあるか？　あれ絶対してるからな！　それ以外でドラッグ使うわけねぇんだから！　あーーちくしょう早く打ちてぇなぁー！　スゥーーハァーー……3年も我慢できるかよ」

俺は今、留置場《りゅうちじょう》にいる。

横を向くと白に黄色みがかかったコンクリの壁に囲まれている。前には鉄格子。一箇所、飯や本など、差し入れを入れる小窓があり、下は畳、トイレの壁は透明で中が丸見え。鉄のドアは挟まって怪我しないよう、少し開くように出来てて、角はゴムで加工してある。

2日以上入るのは初めてだ。

同部屋には、シャブ中の中年男性。

40代の黒髪短髪で肌が白くてちょっとイケメン。

おしゃべりでうるせぇけど、お菓子を分けてくれる気のいいおっちゃんだ。


「退屈だなーー取り調べによんでくれねぇかなぁーー。あ、昨日風呂一緒になったやつがレイパーでよぉ、相手も喜んでたとか気持ち悪りぃこと言ってたから怒鳴り散らしてやったわ。ここじゃなかったらどうなってるかわかんねぇぞ？　俺レイプだけは、許せねぇんだよ。刑務所いったら虐《いじ》められるぜ？　前もよぉ、弘道会わかるか？　ん？　山口組わかるだろ？　だからその三次団体の福」

「130番取り調べ行くよ」

看守がおっちゃんを呼ぶ。

「おぉ！　わりぃな！　行ってくるわ！」

「うす」

暇を潰せることが嬉しいようで、喜んで連れられて行った。

ほんっとにお喋りだな。あのおっちゃん、間もなく拘置所に送られるってのに何の取り調べするんだよ。先に俺だろ。

2011年11月、俺は売春防止法違反の疑いで逮捕された。

＊

「警察の事情聴取受けてきたんだけど、ウチにくる前の仕事の件で、そろそろ逮捕状出るみたいだから、お前には先に辞めてもらうわ」

風俗店の上司からクビを告げられた。

「ついにきたかぁー、かしこですー」

元々前の仕事のことは話していたので、会社としては何の意外性もない。

少し前から一緒の仕事をしていたドライバーの男の子と、何人かの女の子が警察に呼ばれているのは聞いてたけど、半年以上前のことだし大丈夫だろ、と甘く見ていた。

「流石《さすが》に逮捕されたら庇《かば》えないわぁー。ウチもだいぶ危ない営業形態だしさ」

厄介払いしたいだけだねぇ。

「いや迷惑かけらんないんで大丈夫っすよ！　マジお世話になりました！」

1年近くお世話になり、人間関係もそれなりに築けて、米山も斉藤もいる。融通も利く職場とのお別れは、実際なかなか辛いものだった。

その日の仕事終わり、朝方に米山の愛車、ワインレッドで塗装された車高の低いよくわからん車の中で、AK-69のアルバムを爆音で聞かされながら海辺をドライブしていたところ、警察から電話がきた。

「もしー」

「お前今どこだ？　逃げてるわけじゃないよな？」

「え？　外でてるよ。逮捕状とれた感じっすか？」

「あぁ、実家に来たらお前いなくて高飛びしたのかと思ったじゃねぇかよ！」

「飛ぶかぁ！　そもそも今、実家に住んでないんすよ！」

「住所変更しろよー」

「じゃ、いまから実家戻るんで！」

「じゃあそっちまた向かうわ」

警察にも米山にも要らぬ心配をかけないよう、明るく電話を切った。

「マジか！　今からパクられる感じ⁉︎」

「みたい！　展開はえぇわぁー」

「とりあえず実家に送るけど！　いやまじかぁー！　なまら最悪じゃん！　結構前のでしょ？」

「でもかなり動いてたし、グループでかくなっちゃってたからさぁ」

「刑務所は入らないしょや」

「まぁどんな罪かは知らんけど、一撃はないだろ！」

「うわぁー暇になるなぁー」

しばらく会えなくなるかもしれないから、鈴代にＬＩＮＥをする。

「わりぃ！　捕まるっぽい！　戻ったらまた連絡しまーす！　ワラ」

起訴内容によっては、実刑あるのか？　わからん。執行猶予つくよな？　あーなんにもわからん！　確か携帯履歴消しても復活させられて、全部見られるんだよなぁ。他の人に迷惑かかるから捨てようか……証拠隠すのもまた怪しいよね。くぅ。

「したらね！　出てきたら真っ直ぐ家帰るわ！」

どんな罪になるのか想像出来ていないけど、米山が暗くならないよう、元気に車を降りた。

「おっけ、したっけまた！」

実家に着くと、まだ警察は到着してなかったから中に入って待つことにした。

「ただいまー」

「ねぇ警察の人来たよ⁉」

「あぁ捕まるのよ」

「まじぃ？　大丈夫なの？」

「大丈夫かどうかは知らないけど、多分差し入れ頼むと思う」

「ねぇー何やってんのよー」

「前やってた仕事、ずっと法律違反だったのよ」

「まぁそんな気はしてたけど。なんか食べる？」

「唐揚げかな！　真っ黒の！」

「もう真っ黒に出来ないわ！」

小さい頃のご馳走は、油を替えないせいで真っ黒になるから揚げだった。

初めて本当の唐揚げ見た時さ、色が薄くて、味が付いてないいんじゃないかと思ったもんな。

「時間ないからおにぎりでもいーかい？」

「いえーーす！　小さめな！」

母の手がデカイのか、おにぎりもデカ過ぎて、野球少年団の頃持って行ったら、みんなに驚かれた。具は入っていなくて、さらに驚いてたな。

ピンポーーーン
久々に聞く、実家のチャイムらしいチャイムが鳴った。

「あー来ちゃったわ！　行ってくる」

「そっか」

ドアを開けると警察官が3人立っていた。

「いらっしゃいませー」

「逮捕状がでている。売春防止法違反の疑いにより午前9時12分逮捕」

ヒヤリと冷たい手錠が両手首にかけられた。

「一応言っておかんとな。よし行くか」

警官は、優しく俺を連れ出す。

その時、突然大声が聞こえた。

「その子は悪い子じゃないんですーーー！！！」

後ろを振り返ると母が床に座り込み泣きじゃくっていた。

「わたしが悪いんです！　わたしがその道に行かせてしまったんです！！！　すいません！本当にすみません！」

1人の警官に肩をさすられ、慰められている。

「連れて行かないでください！　許してください！」

「やめろバカ！　すぐ戻ってくるよ！」

母の声を遮るようにドアが閉まり、パトカーへ向かう。

あんなの初めてだ。変な感情のスイッチが入ったのか？

そうか、目の前で警察に連行なんて今までなかったか。

息子が手錠をかけられるってどんな気持ちなのかな。

「お母さん悲しませんな」

「悲しませたのはアンタらだけどな」

「はん！　元気な息子だよ」

捕まる度に迎えに来てもらってたけど、涙を流したことなんてなかった。

成人してから捕まるのは初めてだからかな？　成人したら刑が重くなるってのは知っている。

「てか何でこのタイミング？」

警察に聞いてみた。

「お前、足、怪我してたろ」

「あー」

すすきの喧嘩Ｎｏ．１決定戦に出てみろと言われて出たら、不良がちゃんとしたキックボクシングをする大会で、ローキックだけで負けたやつだ。

「３ヶ月くらい松葉杖だったろ？　あれのせいよ。勘づかれてわざとやってんのかと思ったわ」

「靭帯伸びてマジ大変だったんすよ！　じゃ本当は20歳になってすぐ捕まえたかった感じ？」

「まぁそうね」

「20歳になるまで待ってたの？」

「捜査段階で20歳になっちゃっただけ」

「あやしい」

「本当だって！　わざわざ待たないだろう！」

「ま、いいすけど」

母のあんな泣いてる姿、親父に泣かされてる時以来だったなぁ。

俺は、人に感謝なんかしていなかったんだと思う。だって色んな記憶をなくしているから。

母は全くご飯を作ってくれてないといつも思っていて、いつからか本当にそう錯覚してたけど、唐揚げもおにぎりも作ってくれてた時あったんだよね。そりゃ芋を蒸しただけのやつが、1週間続いた時もあったけどさ。

仕事で忙しい中でも、お金がなくてご飯が買えない時も、母は、しっかり母をやっていた。

俺は、自分が不幸でありたくて。そうすることで色んな人に構ってもらえるから、記憶から排除してたのかな。


実家の前にある見慣れた広場が目に入る。

神社になきゃおかしいような樹木は切り落とされて、保育園児達が遊びに来ていた広場では、家を建てる基礎工事が始まっていた。

風が葉を揺らし、木がザザザと大きく揺れることはもうない。

パトカーに乗り込むと両隣に警官が座る。

ゆっくり発車すると同時に、窓の景色が動く。

大人達が「この辺も変わったなぁ」なんてカッコつけて言っているのを何度も見たけど、あれは、自然と出てた言葉なんだとわかった。

俺が日々を過ごしている間に、広場でキャーキャー騒いでいた園児も小学校を卒業するくらいの年月が経った。

今を噛み締め、空を仰《あお》ぐ。

新人警官の膝に手をついているからか嫌そうな顔をしているし、手錠が食い込んで痛いけど、そんなのお構いなしに空を見る。

空は同じ空を作らない。今この瞬間にしか見られない雲が空を駆ける。今が過去に変わり未来は今になった。時間は止まらない。何かしなきゃ。この先どうなるんだよ。焦り出した所で、俺は別に動き出さないんだよなぁ。

＊

看守が小窓をガチャガチャと開ける。

「132番。差し入れ届いてるわ」

「俺？　なに？」

「3冊届いてるけど全部入れちゃうよ。一日3冊までだから、今日はもう入れられなくなるけど」

本？　一体誰が？

「もらいますわ」

小窓から本を受け取った。

「まさかジープでくるとは。カキフライがないならこなかった。だいにとしょけい？」

声に出して読んでみたけど、タイトルもよくわからん。てか興味ない。小説なんか読んだことないし。漢字も簡単なのしか読めない。

表紙の写真は、お笑い芸人ピースの又吉。つまり鈴代が差し入れしてきた本ってこと。

鈴代の好きな芸能人はギャルとしては少し変わっていて、森山直太朗と又吉直樹だった。

てか俺は、面会禁止だ。どこの留置場にいるかなんかわかるはずもないのに、どうやってここを探し当てた？

「おーお前、本読むのか」

おっちゃんが聞いてくる。

「いや、漢字もそんなわかんねぇし」

「俺、読めねぇのは飛ばして読んでるけど、結構暇潰せるし、おもしれぇんだぞ」

「おっちゃんシャブ中なのに本、読めんの？」

「なめんなよ！　中学まで学校の成績トップレベルだったわ！　高校からおかしくなってんだから！」

「じゃあ字教えてくださいよ」

「おお！　わかんないの全部聞いてこい！」

読んでみようかと思って本を開くと、1ページに一文しか書かれていない。

何だこれ、本って文字がいっぱい書いてんじゃねぇの？　なにこのポエム。

サラサラと流し読んでいく中で1つのページに目を奪われた。

「太陽を裸眼で直接見れた」

これわかる。おいおい、俺も子供の頃、同じことしてたよ。こんなお笑い芸人のおじさんが俺の子供の頃と同じ発想？

思い出して書いたのか？　一文じゃ何もわかんないから説明文を付け足せや。

意味を書いてくれないと正解がわからないだろ！

ページを戻って他の文も読む。想像しながらだと意味がわかる文も多くあった。本書ける頭いい人なのに、俺と同じこと考えてんじゃん！　おもしれぇ！

「おっちゃんこの本、変なんだけどなに？」

「んー、俺もよくわかんねぇな。短歌か？」

「たんか？」

「でもごー、しち、あ、俳句でもねぇな」

変な呪文唱えてやがる。

「お笑い芸人が書いてる本だし、なんかあるあるネタなんだろ」

「あるあるねた？」

俺の叔父が昔、お笑い芸人だったから、漫才ってやつは知っているけど、あるあるネタってなんだ？　最近テレビも見てねぇしわからん。「ですよ。」がやってるやつか？　あーいとぅいまてーん！　のやつ。あれか⁉

「まぁ変な本だな。別の読めよ」

「でもちょっとおもしれぇよ」

「お前も変わってんな」

読み進めていくと途中、日記もあったけど読むの面倒臭いし、意味わからなかったから飛ばす。

こんなの読んでる鈴代、マジすげぇ。

鈴代が好きな物は、俺も好きになりたいから全部読んでみようと思った。

「これタイトルなんて読むんすか？」

「だいにとしょがかりほさ、この漢字は、中卒でも読めるだろ！」

「ほぼ小卒っすから」

「下手したら小学生でも読めるべ」

第2なんちゃらも読むことにした。

小さい文字が連なる日記部分も、おっちゃんに聞きながら頑張って読んだ。書いている意味を理解出来た時、誰かと繋がっている気がした。この文を読んでいる人が世界のどこかにいて、それぞれ何か考えている。それぞれの受け取り方をしている。生きてきた世界は全く違うのに、対面したら仲良く話せないのに、文字を読んでいる瞬間だけは同じ階を踏みしめてる気がして、一人じゃないんだと孤独感を消してくれた。

おっちゃんは漢字を聞かれるのがウザくなったのか、「読めないところは飛ばし読みしたり、会話や言葉の流れで自分なりに解釈しろ」と先生役を拒んだ。その通りに進めてもある程度理解は出来て、面白くて、全て読み終えた。

『第2図書係補佐』は、又吉のオススメの本が紹介されている。元々漫画は好きだし、こんなおもしれぇ又吉が紹介する物語を読みたくなっていた。

看守が小窓をガチャガチャと開ける。

「132番に差し入れが届いてる」

次の日にも鈴代から本が届き、3冊とも『第2図書係補佐』で紹介されている本だった。飛び上がりたいのを堪えて、興味なさげに看守から受け取る。

「あざーす」

おっちゃんとの会話もなくなり、俺は、ただ文字を貪《むさぼ》った。

小さい頃から、ゲーム、野球、絵、歌、工作など、集中してしまうと周りの声も聞こえなくなることがよくあり、そのせいで沢山怒られてきた。

もう怒る人もいない。本に夢中になった。

一日3冊、鈴代から本がきて、プラスおっちゃんの分で留置場においてある本も読み漁《あさ》った。

何故自分だけだと思っていたんだろう。この大人と同じこと考えているじゃん。俺ならどうするかな。こいつはこう動くだろ。こんな行動するか？ ガキだなぁー。考え方尊敬するわ。こんなキャラクター生み出せるのか。姑息《こそく》な人間め。これ実話⁉ ここで繫がってんのか。納得いかないいなぁ。

自分の経験と摺《す》り合わせ、想像力が膨らむのがわかった。多角的に物事を考えるようになった。

こんな狭い部屋にいるのに、世界がどんどん広がっている。

「じゃーな！　俺があげたお菓子、外出た時、返せよな！」

「かしこでぇーす」

おっちゃんは、拘置所へ向かった。出所したらシャブやるって言ってたし、彼は死ぬまでこの日々を続けるってことなのかな？

おっちゃんともう会うこともないか……。


狭い部屋も、一人になったと意識するとガランとしている。

ゆったりとした時間を感じ、仰向けに寝転がってお腹の膨らみを確認しつつ深呼吸。息をしている。

ポテトチップスの袋に手を伸ばし、焦げがないのを選び、1枚口に放って噛むと、シャズシャズと潰れて、耳に伝わる。

薄い壁越しに、畳の擦れる音もした。

鉄臭さが鼻の近くを通った気がして檻《おり》の外に首を向けると、見回りの看守と目が合い、看守が気不味《きまず》そうに目を逸《そ》らす。


今、どうしてここにいるのか。俺はどんな人間なのか。どうして今の自分になったのか？

沢山のどうしてが頭に浮かぶが、もう子供じゃない。解決出来るだろう。

小さい頃俺は、寂しかったんだ。ただ愛されたかった。その表現の仕方もわからないし、自分がどうしたいかわからなくて、暴れていた。

構って欲しくて、嘘を使い続けた。

いつしかそれが当たり前になって、自分でもなにが事実かわからなくなっていき、兎《と》に角《かく》不幸を演じれば、誰かが声を掛けてくれた。

善と悪の判断が少しずつ出来るようになると、自分自身をも欺《あざむ》き、世界で一番可哀想な俺、可哀想なんだからこれくらいいいでしょう？　と悪事の許容範囲を広げていき、誰にもそれを咎《とが》められなかった。


突出して目立てるものを持ち合わせていない俺は、正義を盾にした暴力で人を支配した。

貧乏だから、頭が悪いから、不平等だから平等にするんだと多くの人を傷つける。

それは決して公平ではなく、自分が得をする行動。

喧嘩が強いと意見が通り、我儘《わがまま》を多く通せると理解してしまった。

身近な人に幼い頃から「暴力ダメ絶対」と教わった人と、暴力を肯定される生き方をしてきた俺。

負けるわけがなかった。

負けなかったからこそ、成功体験を積み重ね、自信を纏い、存在価値をそこに見出す。

途中、気づくこともあったよ。

それでも唯一誇れる暴力がなくなると、俺には、何の価値もなくなると思った。

大人が認めてくれていないのを察知して、暴れる。

真面目に生きている人間の時間を浪費した。

俺に時間を奪われたその人の目標は？　夢は？　もし達成されていなかったら。勿論、俺がぶち壊したんだ。

二度と戻ってこない青春の平等な時間を、俺の我儘、認められる為の暴力で、擦り潰し、心に傷を負わせた可能性もある。

その瞬間がきっかけで人生の風向きが変わり、不幸への道を歩き始めた人もいたかも知れない。

スポーツだってゲームだって、ルールを守って参加する。

ルール違反者は、ルール違反者同士で、違うゲームをやってて欲しい。

ずっと守ってやってきた人が損するなんて言語道断《ごんごどうだん》だろ。

ルールを守ってこなかった奴に公平な現在を与えるのは、違うよな。

自業自得とは、まさにこのこと。ここにいるのは正しい。

いや足りないな。また世に放たれて、誰かが被害を被《こうむ》るかも。こんな奴、許しちゃいけないよ。

裁けないなら、反省も後悔もしないだろう。今まで通り、反省したフリして生きられても困るよ。

暴力を使わなくなったってさ、そこに至る迄《まで》に積み重ねた日々の清算はできるの？

何もしなくても、俺を見ただけで、嫌な気持ちになる人も大勢いるかもね。

なぁ、一度そっちに走り出したんだからさ、最後まで裏の世界で生きてくれ。表に出てくるな。色が違うんだよ。俺色に染まる人間を生みたくない。混ぜるなキケン。

世界は隔《へだ》たれているんだ。


「飯だ」

小窓から看守が弁当を入れる。

この看守は、どうやって今に至るんだろう。

ガッチガチに固く冷たくなった米と少しのオカズでも、腹が減ってれば関係ない。喜んで頂く。

「醤油は？」

「いります」

全体にパーッとかけて、米にも少量かける。

「ありがとうございます」

おっちゃんは、刑務所行けばあったけぇ飯食えるんだぜぇ？　と、しきりに言ってたな。

漬け物を口に入れてぽりぽり音が鳴るように噛む。

小学校低学年の頃、えみりちゃんという女の子をイジメていた。

イジメなんてダセェと言い始めたのはいつからか忘れたけど、してはいけないと感じる前の俺は、当り前のように弱い者をイジメていた。

小学生が思い付く悪口の殆どを浴びせた。

暴力もだ。殴る度に「ヤベー手が呪われたー」と言って、他の人を触り、呪いを拭う遊びをした。

俺の記憶の中では、誰に守られることもなく、その子は転校した。

親の都合と言っていたが、イジメが原因だと今ならわかる。

高学年になった頃、えみりちゃんは、転校先で死んだ。

肉を喉に詰まらせたからだと先生が説明した。

俺は、笑った。なぁ？　みんなも面白いだろ？　と周りを見渡し笑った。

「あんな汚ねぇやつ死んでくれて平和になるよ！」と言って笑った。

それから中学に上がり、斉藤の小学校で、凄絶なイジメが原因で死んだ子がいたと聞き、よく聞くとそれは、えみりちゃんだった。

俺が殺したも同然。

引っ越さなければ、イジメがなければ、俺がいなければ、彼女は生きていたかも知れない。

その話を知った数日後、部屋の片付けをしている時に、小学校2年生の頃の作文が出てきた。えみりちゃんの作文があったので、読んだ。

弟が可愛い、大切にしたい、と書いていたのを鮮明に覚えている。

小学校2年生で、自分より誰かを思う。

嫌な汗が噴き出し、俺は、作文を破り捨てた。視界に入らないように、誰にも見られないように、この優しい女の子を、俺が殺したとバレないように。

そして、今の今まで、記憶から無くしていた。不都合だからだ。


ジジから殴られていた時、本当はその前に何か悪いことをしていなかったか？

小学校の墨汁事件も、無理矢理やらせていたんじゃないか？

先生への暴行事件。あれは、本当に殴っていなかったのか？

詐欺と決めつけたテレアポだって、実は真っ当な会社だったかも知れない。

俺の思い出は、都合よく書き換えられている可能性がある。

全て過去の映像として残されていない。

1秒前の思い出は、事実ではなく、不確かな記憶の一部でしかないんだ。


自分を加害者だと認めることで、被害者面を作るのももう充分。

人は被害者だと強く思った時、加害者になり得るんだ。

ガチャンガチャ
「取り調べ行くよー」

「あっ！　はい」

やっべ。今、顔めちゃカッコつけてたわ。目細くして遠く見てたもん。うーわ。浸ってんなぁって思われたじゃん絶対。開ける時はノックくらいしてくれや。


留置場から取調室に連行されると、まずは手錠を外す。腰縄と手錠とともにパイプ椅子に繋がれ座らされると、ギシリと音がなった。

机以外には何もない殺風景な部屋で、真ん中にグレーの事務机が1つあるだけでキチキチに狭い。

机の上には担当の刑事さんが持ち込んだファイルや資料、ノートパソコンが使用感なく閉じてある。

刑事さんが机に載せている手には、毛がびっしりと生えていた。フレンドリーに話しかけてきた。

「このデカイ組織のトップを追い詰めるのに、対策本部作って、暫《しばら》く追いかけたんだぞ？で、ついに見つけたと思ったら、まだ子供のお前。ほんっとガッカリだよ」

「いやぁ、デカくなっちゃいましたねぇ」

「デカくなっちゃいましたねぇじゃねぇよ！」

刑事さんは、笑っている。

「ズーさんだろ？」

「え？」

「そいつが上のチンピラだろ？」

「あーわかんないっす」

「何で庇うんだよ。もう他の奴らから聞いてんのよ。メールの履歴も確認した！　お前のこと信用出来なくなっちまうだろ？」

この期《ご》に及んでまだ自分を嫌いになりたくない。誰も売りたくない。

「マジで知らないっすわ。立件されたのは、俺なんでしょ？」

「まぁ、この日のやつな」

防犯カメラに写ってる写真を見せられたが、どう見ても斉藤だった。

手伝って貰ってた日かな？　ニヤけないように顔を作る。

「あんなに沢山やってたのにこの1件だけなんですね」

「まぁ立件すんのも色々大変なんだよ」

「そっか」

「こんときはアリナと、このアカウントのやつが会ってるんだけど、間違いないか？」

出会い系のアカウントを見せられたが、随分と前だし覚えていない。

「すんません。身に覚えがありすぎて、わからないけど、多分間違いないです」

「ははっ、そうだよなぁ。いやーガッカリだ。銀野ってやつは知ってるか？」

別の業者のヤクザだ。ウチにもそこから何人か女の子が流れて来ていた。

「知らないなぁ」

「んなわけねぇだろ！　なんだよ！　お前といい、アリナといい！」

「俺に関係ないっすもん。俺のことなら何でも話しますよ」

「お前アリナと出来てるのか？」

「え？　男女の関係はないっすけど」

「本当か？　お前のこと、何一つ喋ろうとしないんだよ。最初は、ずっと黙秘。極道の妻かってくらい気合い入ってるよ。証拠見せたら、私がお金欲しくて、無理矢理大ちゃんに業者やらせてました。とか言ってよぉ」

刑事は、拗《す》ねるように口を尖《とが》らせる。俺に合わせて子供っぽくみせているんだろう。

「アリナちゃんっぽいですわ」

あの子ホント頑固だからなぁ。

「何の関係もないのによくそれ出来るよな。因《ちな》みに、ドライバーも、他の子も、誰一人お前のこと悪く言ってないしな、教育行き届いてんなぁーって話題になってたんだよ！　こんな業者見たことねぇからどんな奴がトップにいるんだと思って辿ってったらお前かぁーーーーいってガックシよ！」

「それいつまで言ってんすか！」

「ここにいる全員元気ないからな。芋づる式に持っていけると思ってたのに、お前だけだぞ？　ズーさんのこと教えてくれよぉ、僕達、可哀想だろぉ？」

首を捻《ひね》って猫が甘えるような動きで戯《おど》ける中年。そそられない。

「他の人から聞いてるでしょ？　同じような話しかないっす」

「なぁ、お前は、このままチンピラとして生きていくのか？」

突然の真剣なトーンで、ここは本気で聞いているぞと伝わってきた。

「え？」

「夢とかないか？」

「なんすか急に」

「これだけの組織を作って、人望もあるわけだろ。ヤクザのシノギに手を出さなくたって、金を稼ぐのは簡単な筈だ。どこ行ったたって成功するぞ。宝の持ち腐れじゃないか」

俺を見つめる熱い男の眼差しを避けるように下を向く。

「地元でずっと仲間と生きてきたんだ。だからある人望だろ。今更……」

無理だ。俺には学もない。何の能力もない。

「こっから出たら、そのまま札幌出ろ。今の仲間と縁切れ。既にお前の名前が色んなところで出てるんだぞ。完全に染まる前に抜け出すって手もあるだろ」

「お世話になってる人もいるし」

面倒を見てくれた先輩。可愛がっている後輩もいる。

「利用されてるだけだ。お前は、いい奴過ぎるんだよ！　誰もお前のこと本気で世話していない。よく考えろ。半グレもヤクザも全員常識ハズレのクズなんだぞ？　良心があったらいられない世界だ！　わかるだろ!?」

それでも俺は、ずっとその人達と生きてきたから、その生き方しか出来ない人達がいるのを知っている。その世界の中での良心をお前は知らないだろう。

「逆もまた然《しか》りってやつじゃね」

「ん？」

「どっちもそれぞれの常識からみてそう思ってるんだよ。完全に分断されちゃってんの！」

「何言ってんだよ」

何言ってるんだ？

「まぁ……ちょっと考えてみます」

「ズーさんとか、他の業者についても教えられることも考えてみてくれよぉ？」

抜かりない指毛だ。

自分の部屋に戻り、「さくらももこ」のエッセイを枕にして横になる。

ここにきて数日たった頃、看守から「運動いくか？」と言われ、面白そう！と思いついて行くと、タバコ臭い部屋にぶち込まれただけだったのは、驚いた。当たり前みたいな顔して連れて行きやがって。ムカつくなぁ。

ここで視点を変えてみる。

看守は、この仕事に慣れている。毎日色んな人を相手にしていて、基本的に運動はタバコを吸いに行くってのが当たり前で「運動ってなにするんですか？」と聞かれない限り、いきなり説明する方が変だろう。

そう考えたらムカつかなかった。

自分が被害を受けたと感じた時、自分の常識を振りかざして、大声を上げ、理解を求めて罵倒し、目的への方法を間違えて生きていた。

＊

検事と話をするらしく、留置場から別の場所に移動するバスに乗り込んだ。

「シャバの空気が美味《うめ》ぇ」

誰かが漫画みたいなことを言った。

雪化粧が施《ほどこ》されているバスの外を、余すことなく見渡しておく。

別の留置所に寄り、また人を乗せる。

すると見覚えのあるやつが乗ってきた。

「あれ？　大樹？」

「おぉカイシ！　ここで会うとはなぁ！」

こいつはヤクザ。インサイダー取引とかで儲けていると聞いたことがある。

ガチ悪党で、正直、昔から話は合わないけど、店で会ったら飲む程度の仲ではある。

「なにで？」

「あー彼女殴ったら腕の骨折れたらしくてさ」

「彼女ってあの子？」

俺も可愛がっている中学の後輩だ。

「そーそー、親出てきて即被害届！　とりあえず金払って不起訴にしてもらうけどさ、めんどくせぇー」

そうそう、こいつ最低なんだよ。良心が欠如している。

どんな家庭で育ち、どんな日々を過ごしたのだろうか。

「静かに」

警官から注意を受ける。

「ま、暴力は程々にしとけや」

「あぁ」

誰が言ってんだよ！　って思われてるんだろうか。

「札幌から出ろ」

刑事の言葉が頭の奥で木霊《こだま》する。

こいつと仲良くしている違和感が拭い切れない。括《くく》ってしまえば全く同じ世界の住人なのに。


検察庁ってところに到着し、手錠と腰縄をつけられ、歩かされる。

地下に降りていくと、いつもとは違う、白い鉄格子の檻にブチ込まれた。

検事に呼ばれるまでの待機室みたいだ。

「オヤジィ！　水！」

プラスチックのコップで鉄格子をカチカチ叩いて看守を呼んでいる少し若いチンピラは、周りの人が怖いんだろうか。「おせぇなぁ！」とわざとらしい大きな声で周りを威嚇《いかく》していた。

オヤジって呼ぶのが普通なのかな？　でもこの人は、きっと無理してるんだろうなぁ。

ここに何度も来てるんだぜ？って表情が透けている気がする。

ただ俯《うつむ》いて床を見つめる人や話し相手を見つけようとキョロキョロしている人、10人くらいの被疑者が、硬めの椅子に座らされる。

少しして、看守に呼ばれ検事の所へ行くと、刑事が聴取した内容を読み上げ、確認を取られただけだった。

「以上の内容で書類が来てますが、間違いありませんか？」と、検事。

知っている内容だし、ボーッとしていてあまり聞いていなかったが「間違いないです」と、返した。


白い鉄格子の待機室に戻され、しばらくすると1人の男が声をかけてきた。

「もう帰りてぇっすよね」

「あぁ長いっすねぇ」

痺《しび》れを切らしているのは俺だけじゃない。

扉の隙間から、奥の部屋の良さげなソファーでおじいちゃん警官が寝ているのが見える。

若い警官何人かは、その扉の前のパイプ椅子で、豚キムチ味のデカイカップラーメンを食べていた。

「俺、アンタのこと知ってんすよ」

見た目は30歳くらいで、手首の袖から和彫りをチラ見せしている男が距離を詰めてくる。

「まじっすか?」

「福島の友達だろ？　キャバクラで揉めてるの見たよ」

そいつは友達だけど揉め事は覚えていない。

「俺、本木！　石山だよな？　よく名前は聞いてたよ」

「はい」

「今仕事は？」

「まぁ、クビになっちゃって」

「じゃあさ、外出たら一緒にＢＡＲやらないか？　俺、仕事の商談とかする店を作ろうとしててさ、代表として店やってくれよ」

初めましてなのに面白い人だな。

「やったことないけどいーんすか？」

「１ヶ月くらい知り合いのＢＡＲで働いて、なんとなく覚えてくれたらいいよ。従業員を雇《やと》うし」

お酒を作って、飲ませて、楽しませる。

ガキの頃から知っている。いい職業じゃん。人に嫌な思いもさせない！　お酒は好きじゃないけど。

「でも何で俺なんすか？」

「顔が広いからだね。石山くん目当てで、大勢の人が来るってズルいこと考えてる」

「友達は来るだろうけど、儲かるかわかんないっすよ」

「あとここで出逢えて、運命的なものも感じるだろ？　俺だけかな」

たしかに。奇跡だ！　最高だ！　よし、バーテンダーに俺はなる。

「おっけ！　宜しくおねしゃす！」

「じゃ、出たら人伝いで連絡するね」

「え！　それでいけます⁉」

「君、有名人じゃん。何人か辿ればすぐだろ」

隣でカンカンカンカンと音がする。

「オヤジィ、あとどんくらいで出る？」

「いいから静かにしてろ」

看守も慣れた様子で役に入りきっている。

この状態だからこの関係性だけど、外で会ったらどんな人なんだろうか？

奥の部屋では、おじいちゃん警官が爪楊枝《つまようじ》を咥えたまま、まだ眠っていて、丸くなった腹を我が子を可愛がるかのようにさすっていた。


もう20日くらい経つだろうし、この部屋ともお別れ。

まさか本にハマるとは……本って頭の良い人が読むもんだと思ってた。

小学校の頃あった、読書の時間的な時、何してたっけ。

あ、『はだしのゲン』読んだわ。『ドラえもん』のデカイ漫画も読んだな。

あとは図書室の本破ったり、落書きしたり、教室から抜け出したりしてたかぁ。

本読みなさいってマジで意味不明だった。

今の俺だから文字が染みたんだよな。

本が大好きな鈴代と一緒に過ごした時間があったのが良かったのかもしれない。

あれもダメ、これもダメ、それしなさい、止めなさい。

「なんで?」そう思うばかりで、大人の指示は、全部理由がわからなかった。

何故ダメなのか、理解するのが遅かったよ。


ラジオ放送だろうか、KICK THE CAN CREW の「クリスマス・イブＲａｐ」が聞こえてくる。

もうそんな時期か。

ここを出たら、ＢＡＲで働く。

俺のやりたいことではないかもしれないけど、誰にも迷惑をかけることはない。


本当にしたいのは、又吉のようなお笑い芸人。

笑うの好きだし、笑ってもらえるのも好きだ。

いや無理無理、地元から出て人間関係をまた作る?　キツイぞぉー。地元にいたら金も困らないし、友達もいるし楽だぜぇー?

「夢か……」

そんなもん見ちゃいけないのかな。目指したとして、芸人として成功なんか出来るのか？どんな仕事だ？　テレビに出てふざけるだけ？

人を笑わせる毎日って楽しそうだよな。今まで嫌な思いをさせてきた人達の分まで、誰かを幸せにする。いいねぇ。かっけぇじゃん。

許される為じゃなく、自分も楽しむ為。

沢山の人を笑わせて、日々の辛いことの出口になれる存在になりたい。

そして、俺が希望を見出した本。

売れたら本を書いたりなんかして、誰かが檻の中で俺の本を読んでくれたりしてさ、一人じゃないよって、一緒だぜって、同じ階層に連れ出す階段になれたらいいよなぁ。


「北海道だと常に雪あるからさ、ホワイトクリスマスって言葉を東京に来て知ったわ」

「あぁ地元、最寄りのバス停にバス来るのが金曜日だけだっけ？」

「海軍のカレーの日じゃん。雑な田舎イジリするよねぇ」

「つか最近さ、イジリの境界線わからねぇよな」

「それわかりみっくすフィーチャリング俺」

「ヤバみざわレモンサワーなんだけど、わかるってこと？」

「俺なりに考えたけど、誰かが傷付くことを言って笑いを起こす時代って終わりに近づいてきてる気がしてる」

「終わらねぇだろ」

「見せ物小屋って倫理的にもうだめじゃん？　昔はそれで楽しんでたのに」

「お笑いって見せ物小屋なの？」

「ちょっとちげぇけど近くね？　なんか情報が多様化してるから、笑いの感覚の多様性もパネェことになっててややこしいのよ」

「またあんどい話はじまる？　おっけぇリスナーの皆さん一旦睡眠とろっか！」

「お笑いってサーカスなんだよ」

「どゆこと？」

「プロとプロがやるからナイフ投げても怪我しねぇだろ？　空中ブランコを飛んでも片方がキャッチ出来る技術あるだろ？」

「あれちょっと理解できそう」

「その技術がない一般人が投げてる言葉のナイフは、そりゃ刺さるに決まってんだろ。危なすぎるぜ」

「確かに！　突然ブランコ飛ばれてもキャッチする技術ない一般人だと落下させちゃうわ！」

「勝手にボールの上でサーベルジャグリングされて、腕切れるの見てらんねぇじゃゃん？」

「相手いなくても危ねぇな。切れるの見てぇ人もいそうだけども」

「お笑いって危険言葉取扱免許を取得してる人達の世界だからマネしちゃいけねぇのよ」

「かっこよ」

「まぁ俺は、取得途中の教習生だからみんなに怪我させまくりだけど」

「ちょと待てちょと待ておにぃーさーん！　元も子もナッシングトゥーマッチオーマイゴッドファーザー降臨《こうりん》よいちょー‼」

6

鉄の塊に沢山の人を乗せ、空中に浮いた。

ゴゴゴゴと思ったより激しい音を出して地上から離れた鉄の塊は、本気出した時の効果音を発している強いキャラクターを想像させた。

人生初めての飛行機に、胸が躍る。

「お飲み物は如何《いかが》でしょうか？」

「え？　タダですか？」

「無料でございます」

おぉ、サザエでございます！　でしか聞いたことないくらいキレイな生の「ございます」だ！　すげぇ！

「おいしいジュースが飲みたいですぅ」

タラちゃんっぽく答えてしまった。

「リンゴジュース、コーラ、コーヒー、コンソメスープ、お茶」

コンソメスープってなんだ！

「あ、じゃあコンソメスープでお願いします」

ヤバイ。楽し過ぎる。

あれ？　どのタイミングで耳抜きするの？


俺の刑は、略式裁判で、罰金刑5万円だった。刑務所に行くんじゃないかと思っていたらしく、家に帰った時、斉藤と米山は刑の軽さに笑っていた。

母も実家に戻ると元気そうで、泣いたことを恥ずかしがった。

実際は暴力団に金が流れていたかもしれないし、働いていた女の子の人生を消費した。刑が軽すぎる。

「こんなんで終わりだったら、みんな犯罪に手を染めるんじゃないか」と弁護士に聞いてみると、「被害者なき犯罪ですから」とだけ言われた。俺が頭悪いから流されたのかな。

今回捕まった罪を、俺の中では重く捉《とら》えていない。だって法で裁けない罪を、永遠に償《つぐな》えない悪事を、俺は、沢山犯しているから。

それを背負って生きると決めた。


それからすぐ、檻で運命の出会いを果たした男とＢＡＲを始めた。

毎日、人と話し、笑わせ方や盛り上げ方、空気を読むことの大切さを学んだ。

ある日、運命の人ことBARのオーナーに、女が攫《さら》われたっぽいから確認のために、知り合いの家の鍵を開けてきてくれと頼まれた。住所と部屋番号を教えられたそこに鍵屋さんを呼んで、その家の鍵を開けた。中は誰も居なくて安心していた。数日後。

俺の指紋がドアから検出され、強盗の容疑で身柄を押さえられた。

BARの営業終わりに家に着くと、10人ほどの警察官が押し寄せ、家宅捜索が行われた。

何も盗んでいないから何も出てこない。

警察は苦し紛《まぎ》れに米山が使っているパチモンのヴィトンの財布だけ持っていき、その時の米山のブチギレ具合が可笑しかった。

その日は、「逮捕状が出るまで行かない！」と暴れに暴れた。

何よりも許せなかったのは、次の日にある仲間のバースデーを祝えないことだった。

「離せぇ！　明日友達が誕生日なんだぁ‼」と泣き喚《わめ》き、暴れ回る二十歳の男を自分の目で見れなくて良かった。

視界が狭くてよかった。上から俯瞰《ふかん》で見る特殊能力がなくて本当によかった。もしもアレが網膜に焼き付いてしまっていたら。

俺の体内温度は、沸点《ふってん》に達し、たちまち体中の血液が気化していただろう。

留置場に入れられ、何の意味もない事情聴取を受けた。

「ハメられたんだ！　防犯カメラの映像でわかりますよね⁉」

「お前がいなくなった後に強盗団が入ってた」

「俺がもし本気で金盗むつもりなら自分の指紋付けないようにしますよね？　俺のしか出てないんですよね⁉」

「あぁ」

「金盗もうとする奴が顔を晒《さら》して鍵屋さん呼ばないでしょ？」

「そうだな」

「盗まれた金、物、少しでもウチから出てきたか？」

「なかった」

「もうわかるだろ！　早く出してくれ‼」

「もらってた給料は、盗んだ金から出てたんじゃないか？」

「そんなバカな！　それで起訴できるんですか⁉　弁護士をつけて！　怖い！　検事さぁーん！　わかんない！　べんごしぃーーー！」

「すまんけど、全国指名手配してるから犯人が捕まるまで待ってくれ。すぐ出すから！」

次の日、本当の犯人、運命を感じたＢＡＲのオーナーが沖縄で豪遊している所で捕まったので、俺は無事に釈放された。

此処《ここ》は、俺をダメにする。

生きてきた環境、繋がり、全てを捨てる決意が出来た。

強制的に人生をリセットして、新しい人生を始める。

黒の世界で泳がない。裏の世界は捲《まく》らない。白い世界に色をのせ、表の世界で踊るんだ。

大丈夫。きっと違う階層に住んでも、住民は、受け入れてくれるさ。


家族、そして斉藤と米山にだけ新しい連絡先を渡し、地元では死んだことにしてもらった。

泣いていた人もいたみたいで苦しくなったけど、これ以外に繋がりを断ち切る方法はない。

自分に厳しく生きる。

だから鈴代との思い出も全て北海道に置いて行くことにした。

自分のために誰かを楽しませたい。新しい自分になりたいから会えないと伝えると、鈴代は全てを肯定してくれた。

「忘れないでね」とだけ言った鈴代の本当の気持ちは、今でも知らないフリをしている。

初恋の人、そして恩人。俺を作り上げてくれた鈴代。必ずテレビで元気な姿を見せるし、本を書いたら一番に見てもらうんだ。

飛行機に乗る前、父に会い、2人でうどんを啜《すす》った。

ハタチをこえたあたりから父と頻繁《ひんぱん》に会うようになり、お互いの空白の時間を埋めながら話をした。父も父の人生を生きていて、父である前に、一人の人間だったことを知れた。

すんげぇ変な人だけどね。

餞別《せんべつ》に、と父から貰った10万円を握り締め、殆ど荷物も持たずに機内に潜《もぐ》り込んだ。

間もなく東京に着き、人生をかけて夢を追う。元々人に迷惑をかけるだけの価値もない人生。無理なら死ねばいい。

もう自分の人生に言い訳しない。後悔しない為に学ぶ。そして面白い人間に、求められる人間になる。

人を笑顔にして、幸せにして、俺も一緒に笑うんだ。

今まで、なんでもテキトーに生きてきた。

適当って言葉の本当の意味は、目的や要求にピッタリと合っている、相応《ふさわ》しいということ。

これからは、適当に楽しく生きよう。

*

「ドアが閉まります、ご注意下さい」

プシューッとドアが閉まり、気持ちが少し落ち着いた。

切符の買い方もわからないし、文字も多すぎてどれに乗るのかもわからない。駅員さんに聞こうとしたけど見つからず、都会の喧騒ってやつの雰囲気にゴクゴクと呑まれながらも、なんとか目的の電車に乗り込んだ。

人と人の距離が恋愛漫画のラブラブシーン並に近い。東京の人は、このキュンキュンする距離感を毎日味わっているのか。そりゃ東京の人は冷たいって言われるのもわかる。感情がくたばっちまうよ。

チカンに間違われないように両手を挙げ続けて、学芸大学駅へ向かう。

本当は、有名な渋谷とか新宿に住みたかったけど、そんなお金がある筈はなく、お笑い学校がある神保町駅に電車1本で行ける目黒という駅。そこに徒歩25分で行ける場所に決めた。決めてから気づいたのだが、学芸大学駅が徒歩15分なのに、そっちが最寄駅と大きく記載されていないのが不思議だった。

家賃は2万円で、外国人とのルームシェア。1人2畳のスペース、光熱費も込みの激アツだ。

電話の向こうの担当者は、何度も「本当に大丈夫ですか」と確認していたけど、こんなブチ上げ物件の何に心配しているのかわからない。


学芸大学駅の改札を通り、商店街へと続く小洒落《こじゃれ》たアスファルトまで出ると、新しい世界に来られたことに安心した。

どこからか流れてくるＪ－ＰＯＰが運命の曲なんじゃないかという雑念を振り払い、周囲を見渡せば、道行く人々や景色が愉しげに見える。

12月の太陽は、ここに居るぞと言わんばかりに主張し、鳥達はその強く暖かい日に包まれる。

空の青と白い雲のコントラストが、どんな絵画よりもリアルで芸術的だと感じた。

小気味良く吹く風は、雲を散らしたりしない。

控えめな雲は太陽を隠さず、主張の強い太陽は俺を含めた全てを照らし、共存する世界の一部で居ていいんだと自分を肯定出来た。

この剝き出しの太陽を何秒くらい見れるだろうか……いや、目に悪いから止めておこう。

どんな時も上映され続けているであろう東京の空には、何者かを乗せる飛行機が映っている。

青を泳ぐその飛行機に、今を変えようと、もがいている人が乗っているのだろう。

何も気づかず、当たり前の日常を、当たり前として消化している人もいるだろうし、ただ、今を楽しんでいる人も座ってるんだよな。

日の光を反射させる飛行機。その後を追う飛行機雲が、矢印のように歩く方向に伸びて、道案内してくれているようだ。

「先ずは、鍵を取りに行くか」と声に出し、新しい人生のスタートの合図にした。

＊

「やっときてくれましたね」

歩道橋の上、排気ガスの混じった空気の味が苦い。

「やっと……え？　あの……」

期待通りのリアクションが来なくて動揺しているのがわかる。

「俺の過去ですよね？　もう色々あり過ぎてどの件なのか、わからないですけど」

自嘲《じちよう》気味に、作り込んだテレビ仕込みの笑顔をした。

「えーと、お聞きしてもいいですか？」

「ここだと歩行者の迷惑になるし、場所移動しましょっか」

記者達にそう伝えて歩き出し、歩道橋を降りて自分の家の方へ向かいながら、ここじゃない、と思う。

週刊文春で過去のことを出されたら、芸人人生は、終わるかもしれない。

出さないでくれって言ったって、どうせ世に出てしまう。

消えていった芸能人を俺は沢山知っている。とりあえず、ここで全てを話すしかないか。

「つまり暴力団だったたってことですか？」

淡々と質問に答えながらも、次の日の仕事が始まってしまうなぁと考えている。

やっぱりみんなに迷惑かかっちゃうよな……にしても長いなぁ。

道を明るくしてくれる筈の街灯は、影になり、暗闇へと誘うカメラのフラッシュが、俺を捉え続けていた。

「最後に一言お願いします！」

「やっと言えて良かったです」

取材が終わっても、長い夜は、明けていなかった。

雨音が響く部屋で一人、スマホ画面を眺める。

隙間なく埋まっていた仕事も、今日は夜のラジオ1本だけ。

1つでも残ってくれたことに感謝だな。

あの日を境に、空白となってしまったスケジュール。それが映る画面を、指で上にスライドさせ、出てきたSNSのアプリをタップすると、普通の世界を生きてきた人達から声が届いていた。

「美談にするな」「性犯罪者」「ベビーシッターやってたとかゾッとする」「金庫泥棒」「詐欺師」「強姦魔」「世に出てはいけない人」「工場で監禁されながら働いて」「産んだ親が大罪

人」「犯罪家族」「被害者は今も苦しんでるぞ」「今もやってる目をしてる」「コイツと仲良いヤツも全員反社」「犯罪者とかどうでもいいけどつまんないのにテレビ出んな」「正当化してる」「一生のお願いだから消えてくれ」「人類に悪影響」「存在が不快」「日本の為に死んで下さい」「許されると思うなよ」「この世に必要のない人」「てかだれ？」「生まれてきた事が罪」「普通の人間じゃない」

そう、俺は普通じゃない。普通になりたくても永遠になれないんだ。

でも元の世界には、戻りたくない。いや、これだけ表に染まった俺が、居心地の悪いあの世界に戻れるわけがない。

かと言って芸人を辞めて、一般の会社に入ったとしたら、目立ってその会社に迷惑がかかるだろう。その前になんの役に立てる？

自分で会社を立ち上げる？

信用なさすぎるだろ。だれが関わりたいんだよ。世間から攻撃を受ける社員や取引先が可哀想だ。工場でひっそりと……だれが犯罪者と働きたいんだよ。

俺は、どちらにも属せないのか。

こんなに迷惑かけ続けて生きてていいのかよ。

でも俺は、まだ生きていたいと思っている。

人を羨むな。今を恨むな。自分にあるモノを数えろ。

過去なくして今の俺にはなり得なかったと、自分を受け入れろ。

雨音は強くなっていて、外でビニール袋のようなものがシャガシャガと音を立てて揺れている。

隣の部屋からは、同居人が寝返りをして軋《きし》むベッドの音が聞こえた。

なんでこんな事になってんだっけ？　と、東京に来て、entranceを組むまでの経緯をぼんやりと思い返していた。


テレビやお笑いをあまり知らなかったので、お笑いの学校に入った時、漫才やコントが既に出来ている同期達に驚愕《きょうがく》した。

面白い人になりたい。そう意気込んでいたが、チンチンを出すことしか武器がない俺。

スタート位置が後方に置かれている現状を嫌というほど味わった。

東京、大阪合わせて400人くらいの芸人の卵の前で一発ギャグをやる流れになり、唯一のチンチンという武器を振り回すしかないと、おもむろに銃口を晒《さら》し、先っちょを引っ張り、上に向けて「首吊り自殺ーー」と叫んだ。

オモロいヤツらが集まる場所に、空虚を作り出した事実を受け止め切れなくて、本気で吊ってやろうか迷った。

一番キツかったのは、面白いと思うことの摺り合わせだった。

学校、恋愛、趣味、人間関係、ドラマや映画のエンタメ、有名人など。笑いを起こすには共通や共感が大切で、そこを少しズラしてみたり、とてつもなく外す裏切りや、こんなとこまで見てるのか、物事をそんな角度で捉えるか、と思わせた時に面白い、となる。

俺は、ちょっと気になるからという理由でディズニーランドに一人で行き、キャラクターに抱きついて大騒ぎしていたら、優しそうなカップルに怒られてしまったり、気合い入れ直すといって、富士山にパンツ1枚とサンダルで登頂し、頂上に着くと夜で、震えている所を外国人に見つけてもらい、服を借りて下山するような常識知らずの迷惑人間。

つまり笑いに一番必要な緊張と緩和は、当たり前や、普通の上に成り立っていて、学校も行かず、知っている世界がズレている俺には到底無理だったのだ。

だから理解しようと、人と話した。出会う人に片っ端から連絡先を聞いて、深くまで人を知ろうとした。

普通の人は、どんなことで嫌な気持ちになるのか、どこで喜んでくれるのかわからなくて、どんな不良よりも怖い。会話をする度に緊張で汗ばむ。

昔の俺は、ただ怒りを表に出し、威嚇《いかく》し、情報を与えなかった。

知らないということがどれだけの恐怖に繋がるのか、わかった気がする。

だから俺は、同期、先輩の動きや、言うことで、何で笑いが起きているのかを常に観察した。

勉強のため、合コンや飲み会もひたすらに参加したが、生きてきた世界が違う女性達と、何を話せば良いのかもわからなくて苦しんだ。

一般企業で働く方に年収を聞かれ、「20万円くらいですかね?」って素直に答えたら「今日は、楽しかったです。ありがとうございました」のシメの一言まで、一切話してもらえない会もあった。

よく知らないタレントやモデルに酒を飲まされ、意地悪な扱いを受けて落ち込むこともよくあったし、俳優に面白いことをしろと言われ、困った挙句《あげく》チンチンを出して無風だった時は、また反省した。

どうして大人になってもチンチンが面白いと思うんだろう。成長したい。

モテない先輩がお持ち帰り出来なかった日、吐く程飲まされて酔っ払った俺は「この先輩にお持ち帰りされて下さい!」と女性に泣きながら土下座をし続け、最初は優しい笑顔を向けてくれた女性が、気づけば油圧プレスかの如く、足で俺の頭を何度も踏みつけていたとのこと。床にバウンドする頭が、小さい頃に遊んでいたスーパーボールを彷彿とさせて、祭りで沢山すくった話に繋がり、虹色のバネのおもちゃを段段を使って楽しんだ話で盛り上がり、とにかく昔話に花が咲いたそうだ。

朝まで気持ち悪がられた後、そのままユニットコントの稽古で会社に入ろうとしたが、受付の警備員に血塗れで酔っているから入れられないと告げられ、先輩もお持ち帰り出来ず、稽古も参加出来ないことに悲しくなり「どうしても今日じゃないとダメなんです！　誰か……誰か助けてください！」と悲劇の主人公になりきり、会社の中心で泣き崩れ、誰からも声をかけられることなく、無情にも出禁となった。

三輪車に轢《ひ》かれて死にたくなったあの惨劇から数年、お酒は飲んでいない。

常識を学ぶのにかなりの時間を費やした。

お笑いの学校に在学中、父や母からよく仕送りが届いた。

母の手紙を読んで、一人じゃないと思う。

どんな物語よりも感動する現実を生きていて、結局俺は、常に誰かに助けられていた。

情けなさからか、手紙にポタポタと雫《しずく》が落ちて、文字が滲《にじ》む。

そして泣きながらそのお金をパチンコで溶かした。

そんな中、一緒に住んでいた外国人留学生達と仲良くなり、毎晩騒ぎ過ぎたせいだろう。

日本人のせいでうるさいんだ、と大家さんに突然追い出された。

まぁしゃーねぇかと、東京で出来た最初のマブ達にお別れを告げ、経験していないことをしたいと思い、ホームレスを少しやった。

渋谷の宮下公園の夜は、おじちゃんと星を見ながらお互いの過去を語った。

そのおじちゃんの前の職業は、弁護士だったり医者だったり、公務員だったり、なんかの社長だったり、毎日違っているのがおかしくて、俺はいつでも社会に戻れる余裕からなのか、炊き出しの場所を教えてくれる嘘つきおじちゃんを心の中でイジっていた。

深夜になると、大学生の男女がガラスを鏡にしてダンスを踊って、キャイキャイしている。それを見ておじちゃんは「生まれた場所がいいと、ああやって楽しめるんだよな」と毎日のように呟く。

一度おじちゃんは、大声で叫んで訴えたことがあった。

「てめーらうるせぇんだよ！　寝てるヤツらがいるんだわ！　少し考えたらわかるだろうが！　お前らだけの場所じゃねぇぞ！」

目をギンギンにして肩で息をしているおじちゃん。俺は、突然ホームレスに叫ばれた大学生達をただ見ていた。

取り繕《つくろ》うかのようにおじちゃんは話す。

「昔あんな奴らにいじめられてよぉ。社会に出てもずっと虐《しいた》げられてんだよ。あいつらはなんの苦労もなくこの先も生きていく。なんで俺らはずっとこのままなんだ？　生まれた時からずっとだ。ふざけんじゃねぇよ！　俺は声を上げ続ける！　黙っているだけじゃダメなんだ！」

でもあの子達は、関係ないだろう。いや、少しはあるのかも知れないけど、方法を間違えていないか？　とは言わない。それを伝えるということも間違えてると感じたから。

遠くで若者達の甲高《かんだか》い笑い声が響く。

「見ろ。アイツら俺らのことバカにして笑ってやがる。経験の浅いガキ共がよぉ。舐めんじゃねぇよ」

経験が浅いんじゃなく、経験が違うんだよ。

自分がどこかで誰かから取り入れた考えを中心に据えてるから、相手は間違えている！と思ってしまう。

相手が真逆の考えなら、わかり合うことは出来ない。わかり合おうとすることが大事になるんだ。

頭が悪い。経験が浅い。勉強しろ。と力ずくで変えさせようとした考えは、変えさせようとしている人を加害者だと思わせてしまい、それを見た誰かからの反対意見が生まれ続ける。

分かり合おうとしないまま、正義と正義がぶつかる世の中でも、好きな漫画の話は出来るかもしれない。ハマってるゲームが一緒かもしれない。意見が合わずとも、何かで一緒に笑うことが出来る。

お笑いって最高じゃん。面白い人になりたい。いやなるんだ。人と人との架け橋になれる芸人になる。

そして俺は、ホームレスを辞めた。また社会に紛れようと奮闘する為に、朝日と共に目を覚まし、炊き出しのおにぎりをかじって、パチンコ屋に並んだ。1ぱちで勝負じゃい。


バイトも笑いに活《い》かそうと、実験的に様々な所で働いた。

何個かあるお笑いの劇場で、先輩達のネタをひたすらに見た。場所によって来るお客さんが違うので、客層に合わせ、さらに雰囲気や日によってネタを選び、アドリブを加えながら爆笑を掻《か》っ攫《さら》う先輩達が爆絶カッコ良くって、大勢のお客さんの前で自分がネタをやるのを想像するのに必死だった。

年齢、過ごしてきた環境、そして時代。

形が変わり続けるオモロいことに正解を作らず、舞台を見ているお客さんを笑わす。

それが大事なのかな、なんて正解を見つけた気になってただ見ていた。

学校を卒業した後は、劇場で行われるネタバトルのピラミッドに参加して、頂点を目指した。

あまり結果の出ない日々に、もがき苦しみながら勉強した。

先輩達と絡めるコーナーライブでは、トークや大喜利《おおぎり》、平場《ひらば》の力をこれでもかと見せつけられる。

バラエティに出る為にまずはネタ。残る為にネタ以外のパワーも必要だと言われた。

瞬発的に面白いことを返せるか、求められている返しが出来るのか、自分の立ち位置を正しく見つけられるかが大事になると。

俺なんか、劇場の誰にも歯が立たなくて、どうすれば戦えるのかと悩み、とりあえずオカッパ頭にする愚行に走った。

「売れていない芸人＝つまらない」

と思っていた俺は、浅瀬で溺《おぼ》れていた。


仕事は全力でやるのが最低限の礼儀。どんな仕事でも本気で取り組んだ。

ネタライブのお手伝いや、エキストラ、一日中、劇場にお客さんを呼び込む仕事も喜んでやったし、正統派で人気者になって世に出たい人なら断るであろう番組も全て引き受けた。

そして、1年目の時に撮影した恋愛リアリティショーのパロディのエロコント番組が激バズりして、不本意にもデビュー作になってしまう。

撮影中は、男優さん入りまーすと言われていたので、芸人と言うより、ＡＶ男優の仕事だ。

ＳＮＳのダイレクトメッセージにその番組を見たであろう一般の女性からメッセージが届いていた「覚えてますか？　石山くんが死んだって聞いた時は、少し切なくなったけど、隠れて芸人を頑張ってたんだね。あの番組見ました。私は、結婚をして、今は花屋で働いています。幸せだから安心して下さい。応援してます」アイコンを見て、身体中がふやけた感覚に陥った。花屋の前で笑っているのは、間違いなく未来だ。

俺は、あの日、救われない彼女から逃げた。

笑顔のアイコン。謎の安堵感に包まれながら苦い記憶が蘇《よみがえ》り、やり場のない複雑な感情が湧く。

彼女が幸せになる迄の過程を想像して、胸がジクジクと痛み、張り裂けて欲しいとまで願った。

涙が溢れていた。俺なんかが涙を流していいわけないいだろう？　許されたわけじゃないからな。

わかってる。わかってるんだよ。

言い聞かせても、涙はとめどなく流れ続ける。

よりによってなんでエロ番組で見つけたの？　ねぇ、俺、もっと別の頑張り方してるのにさ。

涙の理由は、わからない。わかりたくもない。

お笑いとパチンコ漬けの日々をミルフィーユのように重ね、芸歴も5年目を迎えた。芸人は変なヤツが多いからだろうか、すぐに色んな人と仲良くなれた。別々の世界からお笑いの戸を叩いた3人とルームシェアをして3年が経ち、舞台やライブ、前説に営業も増え、テレビにも少しずつ出させて貰えるようになった。芸人の仕事だけで飯が食えるようになってきていた時、相方が突然の活動休止になる。

週刊文春に集団強姦疑惑と報じられた。

記事は、情報を渡した女性の言ったことを載せるだけで、世間では、その載った文字のみが事実となった。

お笑い学校の卒業間近にコンビを誘われ約5年間一緒に過ごしていたからわかるけど、女遊びはそれなりにしていたが、無理矢理そんなことをするヤツではない。

バッシングが浴びせられ、会社もその声に応じるしかなく、俺にお笑いを沢山教えてくれた大切な相方は、日本を離れ、苦楽を共にしたコンビは解散した。

相方が居なくなり、手持ち無沙汰になった俺は、試したいキャラクターとネタがあったから、中島さんに声をかけ、漫才のコンテストに仮コンビで出場することにした。

中島さんは5年先輩で、気軽に話しかけられなかったけど、中島さんも前の相方がスキャンダルで解雇、コンビは解散となっていて、シンパシーを感じていた。

残された2人で、漫才を楽しみたかったんだ。

本当に苦しい時、笑うしかないという状況が唯一の辛さからの出口となる。

それなら笑うしかなくなる前に、こっちから笑ってやればいい。

中島さんが辛く、厳しい日々を過ごしていたことを後輩はみんな知っていて、だからこそ笑ってて欲しいんだ。

中島さんは、ネタ合わせ中から「これは売れる」と頻《しき》りに言っていて、実際にコンテストでも、予想以上の笑いが起こり、俺も売れるのを確信した。

「コンビを組んでほしい」

すぐに中島さんが誘ってくれたけど、俺は芸人として海外に行くことが決まっていたので断った。

それに、いつか過去のことで、必ず迷惑をかけてしまうから、海外に行きたい自分になりきるしかなかった。

「逃げんなよ。日本で芸人やれよ。売れない自分の人生が怖えんだろ？　まず売れてから海外行けよ」

同居人が熱く言った。

彼は在学中から優秀で、一時期コンビを組みたいと思っていた程面白い奴だ。

父親が高校の体育教師で、母親は専業主婦。厳格な家庭で育った真面目な男。

そんな真逆の人生を送って来た人間が俺を止める。

全てが明るみに出た時、俺と住んでいるから被害が及ぶかもしれないのに。


「石山は、絶対売れるよ。俺が保証する。海外行ってなにすんねん。ほら、これも読まれへんやろ？　せめて言葉勉強してから行きや。それまでちょっと日本で頑張ってみ」

昔からお世話になっている作家さんは、難しい外国語クイズを用意してまで、引き止めてくれた。

でも確実に行かないであろう国の、古代文字みたいなのまで用意して「読めるか？」は、もうボケですやん。


「マジで頼む。俺の最後のチャンスなんだよ。全てをかけて頑張るから1年だけくれ。スターにするから。俺はお前の過去も背負うよ」

中島さんからＬＩＮＥが届く。

他の先輩達も、中島を頼む、と俺なんかにお願いをしてくる。

断ったら芸人活動に支障がでてしまうような圧力。鍋なら相当味が染みていただろう。

もういい。わかった。俺に任せろ。

やっぱさ、今も昔も求められると俺は弱いままだ。

そして一度夢を見させたのは、俺だ。

責任を持って、中島さんと漫才をしていこうと決めた。

ウザくてダルチャラいキャラクター。

世の中から嫌われる奴らだからコンビ名は、よりダサい方がいい。

俺らは、entrance《エントランス》と名付けた。

素晴らしき世界への入口になれるように。


無機質なラジオブース。

手元には簡単な台本。ラベルの剝がされたペットボトルの水が残りわずかになっている。

ガラスの向こうで人体実験を繰り返すマッドサイエンティストの面持ちで関係者が並ぶ。

エンディングのBGMに切り替わり、ディレクターさんが合図をだすと、中島さんが話し出す。

「えーエンディングです。外は朝日が覗いておられるみたいで」

「うれしいねぇ。太陽好きなんすよ。浴びるためにいつも散歩してますしね」

「チャラくねぇなぁ。散歩なんかすんな！　クラブでミラーボールの光でも浴びてくれ！」

「そこに俺の好きなタイプいねぇっしょ？　今日、太陽が昇ったことに感謝出来て、当たり前を当たり前と思わない子が好きですから」

「好きなタイプに趣《おもむき》いれてくんなし」

「つかもう眠いから早く最後のお便りにいってくれよ！」

「あんまそんなこと言わないよ!?」

「でも修学旅行の夜って感じでラジオも悪くないっすねぇ」

「だろ？　ボクシング世界チャンピオンの拳くらい重い話もラジオだからこそ出来たって感じだべ」

「YouTube ひっくり返したらラジオだけどな」

「冷めるなぁー！　それやめろぉ！　それでは、最後のチャラ便り読んじゃいますー！entrance パイセンの夢を発表しちゃってくださぁーい！　とのことですが、石山どーよ！」

「万物に優しくあること……かな？」

「一応言っとくけどお前の下がった好感度はもうアガらねぇぞ？」

「ぴえん越えてぱおん泣き散らかしてぎょえん新宿！」

「うるっせぇな！　夢！」

「ヒーローになりてぇな」

「アニメの主人公なの？」

「この世界って色んな階層で生きてる人達がいますよね？　その隔たりや分断をなくしたいかな！　井戸掘りに行ったり、学校作ったりさ！　日本でも歩み寄れない沢山の分断があるよな。そのあらゆるところに揺らぎを起こしたい。まぁ現実的に今すぐ出来ることは、人から受けた優しさを他の誰かにも還元すること。笑った出来事を他の誰かと共有して笑い合う。小さくてもそうやって幸せの揺らぎを起こして、それがいつしか大きな風となり、波となり地球を巻き込んでいって欲しい。揺らぎを感じた人が、またどこかに幸せの揺らぎを起こしてくれたらいいな。それが俺の生きる意味っつーか夢かな！　俺は宇宙の始まりのように一瞬の」

「長い長い！　万里の長城並みに話が長いし、マリアナ海溝ぐらい内容が深い！　意図が摑めなくてピサの斜塔ばりに首傾げたわ！」

「んで中島さんの夢は、モテ続けること。お便りありざーしたぁー！」

「いーやっ嘘でしょ!?　俺は、ホットミルクの膜《まく》みてぇなうすーい夢！　ふざけんなだけどぉー！　潰したい時に飲ませるウーロンハイくらい濃い夢を頼むって！　こんな扱い罪だべ！　キリストでも迷わず死刑を命ずるぜ!?　はにゃぁーー！　プップクプゥー！」

「……プップクプゥーとは？」

「そろそろクオリティ残念系なたとえの手数を弄《いじ》ってくんね？」

「ではまた明日ぁー！　テキトーに楽しくぅーー！　アデュー！」

「嘘でしょ⁉　終わるじゃん！　えぇ⁉」


騒ぐ中島さんの声にエコーがかかって、ＢＧＭが大きくなっていく……。

「はいオッケーでーす！」

耳に届いたその台詞《せりふ》は、象《かたど》られた刹那《せつな》的な空間を肯定してくれている気がした。

兼近大樹（かねちか・だいき）
1991 年北海道生まれ。
お笑いコンビ「EXIT」として活動中の漫才師。
また、音楽活動や洋服ブランドのプロデュースなど、
芸人の枠を超えて幅広く活動している。
本書が初の小説作品となる。

本書は書き下ろしです。

むき出《だ》し

2021 年 10 月 30 日　第 1 刷発行
2023 年 5 月 10 日　第 6 刷発行

著　者　兼近《かねちか》大樹《だいき》
発行者　花田朋子
発行所　株式会社　文藝春秋
〒 102－8008
東京都千代田区紀尾井町 3－23
電話　03－3265－1211
印刷所　大日本印刷
製本所　加藤製本
DTP　言語社

ISBN978-4-16-391451-0